# 业余玩家

孟小书 著

北京出版集团
北京十月文艺出版社

# 目录

# 请为我喝彩

## 我叫孙闯闯

北京三月的某个午后，天阴森森的，号称今天有雪，没有霾。但事实恰好相反，这又有什么关系呢，谁会在乎今天有雪或有霾。会议结束后，《摩登音乐》的姚小瑶在办公室里攥着手机徘徊。她脑子里正构思着五套向孙闯闯老师催稿的说辞，片刻后，终于给他打了电话。

“喂？”听上去，孙老师心情还不错。

“喂，孙老师您好。请问您什么时候能交稿？”说罢，姚小瑶脑袋一下炸开了。刚才组织好的五套说辞，一个字也没说出来。

“哪位呀？”

“对不起孙老师，我是《摩登音乐》的小姚儿。我的意思是……”

“哦，知道了，明天给你稿子。”

“太谢谢您的配合了……”

没等姚小瑶说完，孙闯闯就把电话挂断了。

“什么玩意啊，会写几个字就不知道自己姓什么了！”

“小姚儿！”办公室主任隔墙叫她。

“在！”姚小瑶哭丧着脸去了主任办公室。

“给孙闯闯打电话了吗？”主任问。

“打过了。”

“怎么说的？”

“说是明天交稿。”

“好。晚上再打电话催一下。”

“主任……他这人……”

“我知道，毕竟在圈子里混那么多年了，难免会有点自我膨胀。”

“这也太膨胀了。”

“现在满世界都在要他的乐评，多亏咱们老总跟他关系好。懂了吧？”

姚小瑶在走出办公室的这几步，又构思出了晚上与孙闯闯通话的几套说辞。午饭间，她在街上觅食，看着人来人往，开始幻想孙闯闯的面容——胖、丑、矮，蒜头鼻上架着一副眼镜。她越来越好奇，拿出手机在网上搜他的照片。谁想到，孙闯闯长得居然还挺像个人，符合姚小瑶百分之五十的择偶标准。她走进一家饭馆，坐下，点了碗面，在脑子里继续演练着晚上的对话，最后决定，“跟丫死磕！”

傍晚，孙闯闯把家里的背景音乐声调大了些。他面对着文档呆坐了整个下午，望着窗外的晚霞，忽然间无比伤感。觉得似乎自己等不到大红大紫的那天，就已江郎才尽了。他站起身来，关上了电脑。上午那位《摩登音乐》编辑的电话，被他忘在了脑后。他打开电视，拿出一张没有封面的DVD，开始播放。电视荧幕上“大闹天宫”几个大字浮出。业余演员拙劣演技和个别处的穿帮，让整部影片看起来更真实，也更有棱角。这是他最享受的时光，《大闹天宫》是早期炎雅伦导的一个短片，孙闯闯和几个当时也同样在圈里混得不错的朋友都参演了。短片里没有孙悟空也没有玉皇大帝，是讲一个歌手如何被唱片公司捧红，又如何被抛弃，最后又如何东山再起的励志故事。孙闯闯能在主人公身上找到炎雅伦的影子，也能找到自己的影子。在温故一遍影片后，烦躁和焦虑逐渐退散。他又坐回到了书桌前，打开文档。这会儿电话又来了，还是上午那位编辑姑娘。

“喂，孙老师您好。”

“哪位啊？”

“我上午给您打过电话，《摩登音乐》的小姚儿。”

“哦，稿子是吧？一会儿给你。”

孙闯闯起身去了卫生间。他的灵感像龟裂的老树皮。待他沐浴更衣后，照着镜子，怒视着自己：“妈的，这孙子今天居然三十七了。”他突然做了一个重大决定，算是给自己未来的若干年人生做一个计划——再也不写乐评了。他哆嗦着从洗手间里出来，想给费主席打电话，叫他来家里喝酒。毕竟是生日，一个人过还是有些凄凉。费主席本名叫费乐乐，四川孩子，比孙闯闯小两岁。之所以叫他孩子，是因为他是一名玩具设计师和插画师，号称自己有一颗永葆童趣、不会衰老的心。

孙闯闯的三次婚礼，都是他当伴郎。民间有个说法，当伴郎不得超过三次，否则孤老终生。费主席至今没有女朋友，可能也是因为这个。每当他抱怨时，孙闯闯就道："刚三次，你还有机会。为了你的幸福，我下次决不让你再当伴郎。"

费主席就回："你还有下回？"

"也就这么一说，我决定了，下半辈子只要流氓。"

孙闯闯只有费主席这么一个朋友，他视费主席为唯一的挚友。他甚至想过这辈子凑合跟他过也行。但费主席不这么认为，他四处是朋友，北京到处都是他熟张儿。他之所以叫主席，是因为他身边有一票做玩具的朋友，他们志同道合，臭味相投，都有一颗稚嫩的心。孙闯闯不喜欢这帮人，觉得整天不务正业，没什么文化，但除了费主席。费主席爱看书，从前也是孙闯闯的粉丝。可就这一点，费主席否认，那完全是孙闯闯的一厢情愿。

费主席的电话那端吵吵闹闹，一猜就是和那帮人聚会呢。

"吗呢？"孙闯闯道。

"吃饭呢。"

"来我这儿一趟。"

"哟，今晚不行啊，我喝酒了，骑不了车。"

"找个代驾过来，我给你付钱。"

"人家没有代驾摩托的，再说万一给我摔了怎么办？"

"那你打车过来，我给你报销。"

"那也不行，我在五道营呢，摩托不能停这儿。"

"你××，我今天生日，爱来不来。"孙闯闯挂了电话，把手机往床上扔了去。

过会儿，费主席带着酒气到了孙闯闯家里。

"你去冰箱里拿两罐啤酒来。"孙闯闯坐在地上翻DVD，挑片子。

"不用，今天我请。"费主席背了一个巨大、印着卡通图案的环保帆布袋，放在了茶几上，逐一向外摆着啤酒鸭脖子鸭掌鸭舌头。

"怎么过来的？"

"骑过来的。"

"酒驾……不要命了？"

"命当然要，但摩托也得要。今天看什么？"

“看一个前些天刚淘回来的吧，商业爱情片，怎么样？”

“不是你风格啊。”费主席把包装袋用牙撕开。

“人民艺术家要雅俗共赏。偶尔也得接接地气儿。”

两人横坐在沙发上，都把自己调整到了舒服的姿势，各握一听啤酒。

“对不起啊，今天忘了你生日了，生日快乐。”

费主席够着孙闯闯的啤酒，往上凑着和他碰了一下。

“没事，其实叫你来就是想让你陪我看看电影。”

电影开始了，字幕上滚动着主演、导演、监制等的名字。

俩人有一搭没一搭地聊。逐渐，电影成了他们聊天的背景乐。

孙闯闯道：“你说，这种电影有人喜欢看吗？”

“那肯定的。”

孙闯闯又说：“我想写一个关于炎雅伦的电影，你说靠谱吗？”

“她都死了那么多年了……”费主席小心翼翼的，没敢再多说什么。

“七年。”两人沉默许久，电影中的对白与音乐此起彼伏，但谁都无心看下去。

“我还是想把她的故事写下来，我觉得她是一个传奇，值得我去写。我想把她以电影的形式记录下来。你觉得这事可行吗？”

“电影圈可不好混。我认识一个制片人，不过他是制作动画的，我可以帮你问问他该怎么操作这事儿。”

“不好混？说得跟你门儿清似的。”

费主席没再说话……

“算了，我自己想办法，回头写完了剧本你帮我看看。”

孙闯闯的大脑开始飞速运转，搜索着人脉。终于，在联系人名单的角落里发现了一位许久不联系的电影编剧，他曾是孙闯闯的粉丝，两年前在一次摇滚乐的演出上遇见的。但这些，孙闯闯已经忘了。

第二天，由于宿醉，头痛欲裂。孙闯闯勉强站起身来，迅速洗漱完毕，换上了一身干净的衣服，出门了。今天，他要参加一支摇滚乐队的新专辑首发仪式。仪式上，粉丝们霸占了场地内的所有空间，其中孙闯闯的粉丝占据了一半。孙闯闯在一名保安的带领下，穿过粉丝，来到了休息区。

该乐队主唱在介绍完专辑后，说："今天还请到了我们的好朋友，也是这张专辑主打歌的作词人孙闯闯，孙老师。没有他，就没有我们这张专辑。他给予了我们很大的帮助。"

台下一片欢呼，孙闯闯闪亮登场。在他登台的瞬间，昨夜的啤酒和鸭脖子在胃里翻江倒海。他吞了下口水，拿起话筒，迟迟说不出话来。

许久，他说了一句："谢谢。"便下台了。

不知从哪个方向，冒出了一句："装他妈什么孙子。"

孙闯闯权当没听见，绕过休息区，从后门打了个车，回家睡觉了。台上的乐队及经纪人颇为尴尬。他觉得像这种不入流的乐队，也确实不值得自己多说什么。今天去，也算是给足面子了。

## 孙闯闯要跨界

其实，自昨晚与费主席聊完，孙闯闯心中一直揣着那件事——拍电影。他又琢磨一番，猛然道：“说干就干。”他终于拨通了那位编剧朋友的电话，但听语气，对方也已将孙闯闯忘记了。电话中，编剧朋友为了避免尴尬，还是热情地与孙闯闯寒暄着，并故作惊喜状。这使孙闯闯那高傲的姿态又无意间流露了出来。

两人在电话里一问一答，孙闯闯问一句，编剧朋友答一句，绝不多说。孙闯闯没觉得对方的冷淡，反而急躁了：“你现在有没有时间，咱们见面聊。”

“现在可不行，我人不在北京。”编剧朋友一口回绝。

“那你什么时候回来？”孙闯闯追问。

“可能一时半会儿回不去，我在跟组写剧本。”编剧朋友的理由让孙闯闯挑不出毛病。

“不然这样，我再给你介绍一个人，他是金辉影业的老总，叫他何总就行。他一直在找好的剧本，你去找他聊聊。”

编剧朋友向孙闯闯念着电话号码，挂下电话，长舒了口气：“真是难缠。”

“何总”，听着像个大人物。他在网上查了查此人资料，金辉影业可以查到，确实参与了不少的影视剧项目，有几部剧还是一线明星主演的。可何总这人，却查不到半点资料。尽管这样，孙闯闯仍然觉得何总的来头不小。他觉得面对像何总这样，常与一线明星打交道的人，自己立刻矮了一头。他踌躇片刻，按照号码，给何总打了过去。等何总接电话时，他紧张了，出汗了。“嘟”声持续一分钟后，无人接听，反倒松口气。他头脑发木，如果何总刚才接了电话，我要跟他说什么？剧本也没写，大纲也没有，拿什么和人家聊？孙闯闯心跳加快，脑子里闪出了无数个剧本中的人物对白，顿感十指发胀。他立刻打开电脑，飞快地打字，无比酣畅。数小时后，已是夜里，他突然又想起了那位何总，电话再次拨了过去。

“喂，哪位？”

“您好，我是孙闯闯。”

“孙闯闯？打错了。”何总挂了电话。

孙闯闯愤怒了：“敢挂我电话？”可又一想，人家毕竟是影视圈的，对音乐圈的人应该不熟悉，不知道我是谁，也是情有可原。

电话又拨了过去："不是告诉你打错了吗！"

"何总，我是××的朋友，孙闯闯。"这次他的态度客气了些。

"哦，想起来了。××和我说了。"何总热情许多，两人寒暄一阵后，孙闯闯终于急切地将话题引入正轨，道："我听说您在找好的剧本。"

何总："没错，现在本子倒是很多，但就是没有好的，让人眼前一亮的。"

孙闯闯："您说的好的本子，是指什么类型的？"

何总："也没什么具体的类型，就是好的故事。有新意的。"

孙闯闯想，这不是废话吗？

何总又道："他说你自己在写一个本子，是什么题材的？"

孙闯闯："是关于一个明星悲喜人生的故事。"

何总："听着还不错，剧本完成了吗？"

孙闯闯："还没有，只完成了大纲。"

何总："这样吧，你明天有时间的话，可以先到我公司里来，咱们见面聊。"

孙闯闯将大纲整理妥当，自认为这是一部上乘之作，一定不会令何总失望的。他开始幻想影片放映结束时众人一边潸然泪下，一边掌声雷鸣的场景。闭关写作让他头重脚轻。当迈出家门，踏进阳光里时，他一阵恍惚，车辆行人像是都罩了一层光晕，无比虚幻和缥缈。他低着头，看向远处，深一脚浅一脚地迈着步子。许久打不到车。他继续一步步向前走，每一步都是沉重的。先前的自信，在明媚的阳光中神秘地挥发了，消失得无影无踪。何总知道炎雅伦是谁吗？可他转念又一想，我是孙闯闯，我可是孙闯闯呀。

金辉影业隐藏在创意文化产业园区里。孙闯闯曾经来过一次，是作为斑马乐队新专辑发布会的特邀嘉宾，但具体是哪一年，已经想不起来了。只是隐约记得，那天很热闹，发布会上来了很多歌迷和孙闯闯的粉丝，并且那天穿的衣服好像也是这一身。他顺着园区里的内部道路终于摸索到了金辉影业。他推开玻璃大门，冷气瞬间贯穿全身。里面是一个大开间，所有的门都是透明玻璃的，这是一个毫无隐私的空间。三五个员工对着电脑，个个都萎靡不振。公司墙上贴着诸多电影海报，没有一个是他熟悉的。

孙闯闯见无人理睬他，主动问了句：

“请问，何总在吗？”

“哦，在里面呢。”终于，一个戴眼镜的小姑娘说话了。

何总果然在办公室，他正靠在沙发椅上，打一个看似比较重要的电话。声音透过这扇沉重的玻璃门，时不时会飘出“几千万”“张艺谋”“华谊兄弟”“档期”等词汇。这些词汇令孙闯闯对何总肃然起敬。他小心翼翼地敲了下玻璃门，何总示意他稍等。孙闯闯紧张了，不知自己该去哪儿等，站在门口，就像是在偷听人家打电话，可回到那个大开间的办公室，又不知该坐哪儿。曾经习惯了被人接待的他，顿时不知所措了。庆幸的是，何总的电话很快打完，热情地将他招待进了办公室。

“快请坐。”何总也站起来，准备与孙闯闯握手。

“我年轻时候也是摇滚青年，还组过乐队。你的名字我听过，著名乐评人和作词人。”

听何总这样一说，孙闯闯心里就有了底，既然是摇滚青年，那就一定知道炎雅伦。

何总又说：“怎么突然想搞电影了？”

“兴趣……兴趣。”孙闯闯没有直接说出自己要拍这部戏的真正原因。

“那你说说你有什么想法，看看有没有机会合作。”

“您知道炎雅伦吗？”

“知道，一个歌星。是不是前几年死了？”

孙闯闯的心紧了一下，觉得何总对炎雅伦极为不尊重，但还是将那份不满咽了下去。另一方面，他又觉得何总的言语间，透露了他对炎雅伦是不熟悉的。

“没错，我想写一部关于她本人的电影。”

何总双手交叉在颌下，似乎在等待接下来的一番精彩演说。

孙闯闯鼻尖冒汗，在来这里之前，他心里装满了对这部电影，以及对炎雅伦的期待。他自信满满，以至于没有任何准备。此刻，当他面对何总这副精明、期许的眼神时，有了一种似曾相识的恐慌。他突然感到自己无从开始，从哪里开始都是错的。关于炎雅伦的电影，他想要说的太多太多。何总给他充裕的时间整理思路。办公室里寂静了，过了若干分钟。孙闯闯终于开了口。

“炎雅伦是一个传奇，她值得我们去纪念她。”

他的开头不错，何总点点头，得到了这个开场白的肯定。何总继续看着孙闯闯，继续等待接下来的演说。

“大纲我写完了，不然您先看看？”

“能先大概给我讲讲吗？”

孙闯闯从头讲起……

“你先等等。”何总听得不耐烦了，“你能用一句话概括你的大纲吗？”

又是一阵沉默。何总把孙闯闯难住了，许久没有开口。何总终于又说：“我想，你还没有捋清楚思路，对吗？这样吧，这个事情不着急，你先回去把剧本大纲再改改，捋清楚思路，咱们再来谈。你说呢？”何总站起身，逼迫着孙闯闯也起了身，意思是要送客了。何总又客套了几句，把孙闯闯送出了门。

走出金辉影业，外面的阳光把柏油路面照得明晃晃的。孙闯闯看不清远处的景物，眯缝着眼睛摸索着前行。他摸不清何总的意思，只知道自己的下一项工作是先捋清楚思路。这是他第一次接触“电影人”，他不懂“电影人”的套路。何总算是“电影人”吗？他再一次回想刚才与何总的对话，心中燃起了一股怒火：大纲岂是能用一句话概括的！大纲都不看，也太不尊重人了。孙闯闯到家后，一屁股坐进沙发里。他闭上双眼，心脏像是停止了跳动，久久地闷了一口气在胸口。他不知道以这样的姿势保持了多久，直到天色渐渐暗下来，他的双腿发麻，腰椎酸痛，缓慢地从沙发中立起。他活动着紧而发涩的关节，骨骼发出了几下清脆的声音。他打开灯，房间亮堂了，心也亮堂了。日子还得继续过下去，大纲也还要继续改下去。更何况，人家又没完全否定。他把自己劝到书桌前，面对已完成的大纲，无从下手，该从哪里改起呢？

## 与炎雅伦有关的日子

二〇〇六年，炎雅伦首张专辑问世。在专辑上市之前，经纪团队首先将专辑寄给了孙闯闯。作为国内首屈一指的媒体记者、乐评人、作词人孙闯闯，第一时间拿到了专辑。炎雅伦的名字孙闯闯听说过，当年是台湾著名的音乐制作人。当他拿到专辑时，心中一阵激动。炎雅伦第一时间把专辑寄给我，证明什么？证明她对我是尊重的，并且认可我在大陆的江湖地位。

与此同时，他还收到了一笔数目不小的稿费，是他给炎雅伦写乐评的稿费。他知道，无论专辑如何，都要赞美它。孙闯闯将CD插入播放器中，开始翻看最近的音乐杂志，炎雅伦的歌声变成了背景乐。他被自己曾经写过的一篇乐评吸引住了。他反复感叹自己的文笔和对音乐的感受力，完全陷入到了自我陶醉中。当他看完这篇乐评时，炎雅伦已经唱完了两首。他继续翻阅，忽然看见了炎雅伦的一组时装照片。忘记了是哪一年，孙闯闯刚进入媒体圈的时候，曾去过台湾一次，与炎雅伦做过一次面对面的访谈。那时，能与她面对面访谈的大陆记者不多，能让她记住的记者也不多，可她记住了孙闯闯。炎雅伦的姿态很高，通常与她访谈对话的记者都会收敛些。但孙闯闯的问题却犀利、尖锐，直逼要害。那次访谈结束，报社主编将孙闯闯痛批一顿，但介于他刚入行，经验少，就没做过多惩罚。谁知，事后炎雅伦亲自往报社打去了电话，说以后凡是关于她的采访都要让孙闯闯去。孙闯闯一下子在报社受到了重用。或者说，一个娱记是否能受到重用，都要看人家明星的喜好。

如今，杂志上的炎雅伦瘦了很多，眼神也柔和了。照片旁边附上了一段首张专辑的创作谈，作为歌坛新人，她变得谦逊、和善了些。他忽然放下手中的音乐杂志，开始聆听。她还是那个她，即便作为歌坛新人，嗓音中也有属于她自己的桀骜不驯。孙闯闯喜欢这张专辑，是发自内心的喜欢。他迅速坐在电脑前，用最快的速度写完了乐评，发给了主编。

炎雅伦上了《音乐风尚》的头条，半个版面都是她的照片与孙闯闯写的乐评。她的专辑正式上市，新闻也出现在了大小媒体上。经过一星期的发酵时间，她的专辑迅速一扫而空，并且在华语音乐榜上位居第一。评弹与摇滚乐的撞击，中西合璧，并加入了自己的演绎特色，在那个时代，她的音乐是独具一格的。她不是传统意义上的美女，大眼睛单眼皮，国字脸粗眉毛，高个子。由于眼睛大，眉毛粗，高兴的时候也看着像不高兴。总体来说，她的外形与音乐都自成一派，不能用美、丑、好听、难听这些简单粗暴的词语来评判。她是另类的，前所未有的（至少在中国），横空出世的。她大张旗鼓地出现。瞬间，她的乐迷为她而疯狂。据说，后来她开演唱会的时候，晕死过去好几个。

后来炎雅伦来北京，成了北漂。当他们成为密友后，炎雅伦说，她觉得自己在某些层面上，和孙闯闯是一种人，都是那种自以为是、无比自恋、愚蠢和孤独的人。那时候孙闯闯还年轻，不知道她为什么会这么总结。他说，我觉得你对我可能有所误解，我不是这样的人，我也从没感到过孤独。再后来，炎雅伦消沉了很久，她的走红可以说是昙花一现，人生中只出了那一张专辑，可她的妆容和那股自命不凡和桀骜不驯的态度却久久地影响着那个时代的年轻人。炎雅伦死了，死在了自己家的厕所里，吸毒过量。死得很平静也很低调，没有任何报道。炎雅伦有一首很红的歌叫作《我不要孤独地死去》，靠这首歌，她买了一套两室一厅的房子，身边也围着许多朋友。她死在了自己家中，除了尸体，只剩下了孤独。孙闯闯收到消息，是在她死后的一个月。她的死对孙闯闯打击很大。她曾经对孙闯闯的总结与评价，一直徘徊在孙闯闯心里。炎雅伦说得很对。

炎雅伦在北京那些年一直在尝试编曲，所创作出的曲风，大家闻所未闻，但她仍是坚持铤而走险。她在苏州评弹里不仅要混入摇滚，还要混入爵士及雷鬼元素。她不仅编曲，还要作词，决定亲自演唱，执着与信念是不容任何人质疑的。炎雅伦在巅峰时攒了些钱，可以任性几年，但在经纪公司和制作人来看，她的所作所为就是一种自负与不负责任的表现。经纪公司一再告诫她，只给一年时间，如果一年后失败了，就要与公司解约。

她喜欢北京，也喜欢北京的这帮朋友。他们曾是她的粉丝，后来慢慢才成朋友的。这些朋友做的音乐在主流媒体看来都是“地下”的，所谓“地下”就是小众的。小众音乐也没什么不好，毕竟真正的艺术都是给少部分人欣赏的。但无论再伟大的艺术家也得吃饭。想要做一个愤世嫉俗的艺术家是有前提的，前提就是衣食无忧。这导致其中一部分音乐人想要转型，转成“地上”的。但如何才能跑去“地上”，就要靠孙闯闯的乐评了。

在这期间，孙闯闯走到哪都被人捧着，但凡自己搞点音乐创作的年轻人都会慕名而来。有些人千里迢迢来了都不见得能见上一面，北京城那么大，没有认识的人介绍，是找不到他的。但在这些对他慕名而来的人里面，除了热爱他音乐的，也有猎奇和想跟他交朋友的。有一次，孙闯闯应邀参加一个唱歌的选秀比赛，在海选中，有一个男孩在唱歌之前说："孙老师，我前天到北京，露宿街头两个晚上，昨天夜里还下雨，就为了见您一面。"男孩眼睛直勾勾地盯着孙闯闯，完全忽视其他两位评审老师。论年资，那两位要比孙闯闯更资深，且比他年长。孙闯闯真心地被感动了，但还是有点不好意思，挠了挠头，说："谢谢你……"别的话也不好多说。最后，那个男孩还是被淘汰了。隔天，孙闯闯在一个演出上，又遇见了这个男孩。男孩主动和他搭讪："孙老师，我是昨天……"孙闯闯："我记得你，你其实唱得挺好的。"男孩："孙老师，我三天没吃饭了，能借我一百块钱吗？"没想到，孙闯闯很大方地借给了他，但他知道这钱肯定是要不回来了。

这事一直流传了很久，大家经常用这事拿孙闯闯来打镲。很多人一没钱，就会想到孙闯闯。他富裕的时候很慷慨，穷的时候也从不会管人家借钱。总之，那段时间他身边总是围着一群人，日子过得很热闹。热闹到他已经逐渐淡忘了炎雅伦，炎雅伦也逐渐淡出了人们的视野。后来，孙闯闯在与费主席的一次聊天中说，其实，我一直都知道，是炎雅伦成就了今天的我。她死了，我很孤独。

## 孙闯闯准备东山再起

孙闯闯新一版大纲完成了，又迅速地发了一封电子邮件给何总。两天后，何总有了回复。何总在邮件里没有发表自己对大纲的看法，但提出了第二次见面要求。

孙闯闯自信满满地再次进了金辉影业。既然要求再次会面，那定是对新版大纲有了兴趣。

何总很激动地说：“大纲我们公司的策划都已经看过了，觉得很好。”何总露出了一个惋惜的神情，“炎雅伦……这么有才华，真是可惜。”何总又说：“剧本你需要多久可以完成？”孙闯闯心里犯起了嘀咕，大纲过了，那自然而然就是剧本阶段。事情进展得如此之快，总觉得有点不对劲，但又不知道是哪里出了问题。难不成是“快”出了问题？

他说：“我也不清楚，可能需要一个月？”

“一个月，好。我等着！对了，我们签署一份保密协议吧？”

“保密协议？”

“对，就是你这个剧本不要再透露给别人了。”

孙闯闯没想到，事情会进展得如此顺利。他立刻给费主席打电话，把他约到了家里。孙闯闯买了箱啤酒和瓜子，准备庆祝一番。两人像往常一样，孙闯闯挑一张电影DVD，有一搭无一搭地看电影。他把脚跷得高高的，不停抖动。

“给你高兴的，说给多少稿费了吗？”费主席问。

“庸俗。”

“得，我俗。合同怎么签的？”

“我说你能不能别总聊什么钱呀，合同的？”

“合着你跟他什么都没签，就要给人家写剧本了？”

“签了一个保密协议。人家何总还是很值得信任的。他没你想的那么坏。”

“那你这大纲写完了，是不是得让我看看？”费主席道。

“跟你说了，签了保密协议。”

“跟真的似的，保密协议又不是防我的。”

两人话不投机，费主席把喝剩下的啤酒放到了茶几上，号称“有事”，摔门走了。他骑着摩托穿梭在寒风里，被一团永不散去的雾霾围绕着。这气味潜伏在白日的喧嚣中，到了夜晚便悄然爆发，并带着一股狠劲儿覆盖全城。费主席在这股迷幻般的雾气中，飞奔，借着刚刚的酒劲儿，很想冲回去给孙闯闯一拳。他觉得他变了，希望一拳下去，能够让他清醒点。他继续前行，眼前的灯光变得飘忽不定，光晕越发模糊。费主席终于把自己摔成了骨折。遵医嘱，须卧床一个月。

一个月后，剧本也完成了。自从两人那晚的不欢而散后，就再也没联系了。孙闯闯一心扎在剧本中，与炎雅伦“并肩前行”。而那晚的事，他早已抛在脑后，更不知费主席骨折的事。费主席的身边虽然总是围聚着一帮朋友，但他心里还是最挂念孙闯闯。

孙闯闯最终还是告诉了他剧本完成的事，约他一起喝酒。费主席一口回绝，态度极为冷淡，觉得他欠自己一个道歉。孙闯闯突然想起了那一晚的事，埋怨他心眼小。费主席终于绷不住了："你写完了，碍着我什么事？你就是这么的自以为是，觉得整个世界都是为你准备的，所有人都得围着你转。你是不是觉得自己特别牛？"孙闯闯举着电话，目瞪口呆。过了会儿，他缓过神来：

"你是不是吃错药了？"

"你才吃错药了。"费主席说罢便把电话挂断了。孙闯闯将手机摔到沙发上，用力过猛，手机又弹到了地上。

"这孙子疯了吧，还是忌妒我？"

待他冷静下来，又回想着方才费主席的态度，他怀疑，有可能是费主席最近遇着过不去的坎儿了，而自己最近又一帆风顺，疏于对他的关心。他决定过几天去一趟费主席家里，真诚地慰问。孙闯闯将完整的电子版剧本发给了何总，他长舒口气，心里空荡荡的。他决定再打给费主席，不知那孙子气消了没有。可连续打了几通，一直关机……

孙闯闯终于等来了何总的电话，说要面谈。面谈，意味着何总有很多话是不方便在电话里说的，或是他对剧本还有别的想法，需要再次修改。那面谈，意味着事要成了？也许吧，他不敢轻易断定。第二天，何总态度依旧。后来，在很多年后，每当孙闯闯想起何总时，眼前总是会出现《电锯惊魂》里面那个戴着笑脸面具的木偶，让他不寒而栗。何总见到孙闯闯，并没有直接聊剧本，而是绕过剧本和他谈论起了音乐，谈起了炎雅伦。何总对炎雅伦感兴趣了，孙闯闯很高兴，和他说起了与炎雅伦相处的那些日子，还说了一些就连费主席也不知道的秘密。一个小时过去了，还是没有聊到剧本，孙闯闯着急了，终于按捺不住问了句："何总，您觉得剧本怎么样？"何总顿了顿："剧本我们都看过了，觉得拍成电影还是有问题的……"孙闯闯脑袋"嗡"了一下，耳朵突然闭上了。

从这以后，孙闯闯生了一场病，得了急性阑尾炎。他住进了医院，手术结束，借着麻醉剂睡了一天一夜。他睡得很沉，梦见了费主席，梦见了炎雅伦，他们又回到了过去，回到了他曾辉煌过的少年时期。在梦里，他与炎雅伦和费主席依依惜别，像是自己要去远方，再也见不到他们了一样。醒来的时候，他泣不成声，把他身边的费主席吓坏了。孙闯闯用那只插了针头的手握住了费主席的胳膊，哭得一发不可收。费主席说："就是个小手术，不要搞得这么悲壮。"孙闯闯似乎竭尽了全力，从干燥的嗓子里发出了几个音："我觉得我完了。"费主席不再说什么，就这样坐在他身边，无能为力地看着他。

费主席知道他指的是什么，剧本的事估计泡汤了。他从没见过孙闯闯如此痛苦甚至绝望过。费主席安静地坐在他身边思索着：这一切，对于他来说未尝不是一件好事。你终于在三十七岁的时候，认清了这个世界的真实面目。

在住院期间，费主席、冯煜和小芒（小芒是费主席的徒弟，跟着他学过几年的素描。同时也是孙闯闯的小迷妹）轮流对他进行照顾。孙闯闯萎靡不振，整日瘫在床上。在临出院的前一天，冯煜突然对孙闯闯说：“孙老师，我有个朋友也是做影视的，也是个制片人，不然你找他聊聊？但……”

“但什么？”

“但就是不知道是否靠谱。其实，您遭遇的这事儿也没什么的，可以说根本就不叫个事儿。”冯煜一开始说得小心翼翼，但见孙闯闯的态度是谦逊的，就试探性地将说辞加大了力度。

“此话怎讲？”

“这剧本通不过是再正常不过的事了。说实话，炎雅伦后期就不再做音乐了，她的那些所谓的创新根本就不被世人接受，毫无市场。经纪公司都要跟她解约了。她曾经确实有一批铁粉儿，但那才区区几个人？你要写一部关于她传记的电影，受众太有限了。别说影视公司老板了，就连我也觉得赔钱。”

孙闯闯无力反驳，只是目光呆滞地盯着床角，过一阵说：“所以，我是白写了吗？”

“也不能这么说，你去找这个人聊聊。她叫张静兰，是一个制片人。她做商业电影，也做纪录片。她曾做的两个纪录片都拿到过国际奖项。看看她有什么想法。”

“但你不是说没有市场吗？”

“纪录片和电影不一样，可以参加个欧洲某国的电影节，拿个奖。得奖后，你的身价就不同了。”

“算了，爱谁谁吧。”

孙闯闯出院了，医生千叮咛万嘱咐，以后千万不能喝酒。费主席替他答应了。

为了表示感谢，孙闯闯决定请他们三人吃饭。如今的孙闯闯“没落”了，谁都能跟他一起吃饭，谁都可以跟他开玩笑，褪去那层光环，他就是个不太随和的中年人。饭馆在孙闯闯家旁边的胡同里，是一家小而干净的馆子。孙闯闯和费主席都喜欢这儿。晚饭时，孙闯闯故作兴奋状，频频举杯，说必须要庆祝自己“大难不死”。费主席劝不住，冯煜和小芒更是不敢“轻举妄动”，一不留神，又喝多了。

回到家，冯煜接到了孙闯闯的信息：把那位制片人朋友的电话发我。

冯煜所给出的电话号码并不是该制片人的，是她的助理。有了上一次与何总的沟通经验，这次他自如、从容了许多。助理与孙闯闯约好了时间，是下星期一的下午。距离赴约时间，还有四天。他决定再将剧本进行一次修改，并且作一份演讲稿，这次要做好充分的准备。毕竟机会是留给有准备的人的。而自己要做的就是抓住每一次机会，说不定哪次就成功了。

这天，阳光明媚，长时间的雾霾被一夜春风吹散了。孙闯闯抱着电脑，迈着矫健而又稳重的步伐到了该制片人的公司。前台姑娘给他用一次性纸杯接了水，放到茶几上，道：

“张总在开电话会议，您稍等一下。”

“可她跟我约的就是现在，怎么又开会了？”

“实在抱歉，临时有个急事。应该快了。您坐下休息会儿。”

孙闯闯见小姑娘挺客气，没再为难她。他走到接待室的落地窗前，风景很美。可以俯瞰整个奥林匹克森林公园，以及大半个亚运村和小半个北京城。他思索着该如何向张静兰阐释他剧本中所想表达的寓意，如何讲述那交错的剧情，如何描绘剧本亮点。只要剧本会进行顺利，电影就可以拍出，观众们一定不会失望的。他面对小半个北京城，望着堵得水泄不通的四环路，他忽然觉得自己是幸运的那一个。他感谢上天赐予自己才华，感谢父母又给了一张不太会让别人嫌弃的面容。他激动了，兴奋了，眼前的道路一片光明。

二十分钟过去了，仍是静悄悄。孙闯闯推门而出，吓了前台小姑娘一跳。

“你能催催她吗？都这么长时间了。”

“您看，张总完事了她肯定就来找您了。”

孙闯闯往张总办公室看了一眼，门依然紧闭着。

“您再等一会儿，张总完事了，第一时间通知您。实在抱歉啊。”

孙闯闯想走，可这步子就是迈不开。原地踯躅片刻后，又回到了接待室，坐下了。好事多磨，不要因为这几分钟而错过一次机会。他背靠着落地玻璃窗，阳光烘烤着后背，暖洋洋的。鸟巢窝在一汪绿色中，像是刚被生出来的恐龙蛋。想到恐龙，忽然想到了他的前妻。他前妻是恐龙博物馆的管理员，每逢周末，博物馆都会被小朋友们所占据。她曾说，等他们有了孩子，也带来这里看恐龙。她最得意的事就是可以背出上百种恐龙名称。她的世界里只有恐龙和孙闯闯。她现在一定在忙着擦拭恐龙骨架模型和展窗的玻璃。想到这儿，孙闯闯的鼻头忽然酸了。

一个小时又过去了，孙闯闯心头突然喷出了一团怒火，正要冲出接待室时，和前台小姑娘撞了一个正脸。

“张总刚开完会，您可以进去了。”

孙闯闯咬着下嘴唇，硬是让自己冷静下来。

会议室的玻璃墙上，贴满了演员、导演的照片。这些是他们下一部戏的主创候选人。孙闯闯被归到了导演一列。在会上，张静兰坐在了王总的位置上。今天王总出差，会议自然就让张静兰主持。张静兰是一个让人看不出年纪的女人。他忘记是谁说过，看不出年纪的女人最可怕。会议桌上除了张静兰，还有五个公司同事和一位中年男人。在孙闯闯眼里，他们都是一些长得很好看的年轻小朋友。

张静兰："小雯儿，今天你做会议记录。"她又说："给大家介绍一下，这是著名的填词人，乐评人，孙闯闯。在音乐圈很厉害的。"

张静兰又指了下那位中年男人："这位是邓科，著名制片人。我想你应该听说过他吧？《盗宝奇缘》《星际穿越2》还有好多票房过二十亿的片子，都是他负责制片。"孙闯闯心里琢磨着，张静兰说的这些片子都是好莱坞的，难道这孙子是好莱坞的制片人？

邓科与张静兰客套两句后，与孙闯闯互递了一个敬意的微笑。

"我听摩登音乐的苏总提起过你。"

孙闯闯有些惊喜。

"您也认识苏总？"

"当然了，我们认识十几年了，他还是独立音乐人的时候，我们就认识了。你怎么想起写剧本了？填词和写乐评不是挺赚钱的吗？"

"是前些年，程晓天想让我帮他填电影主题曲的歌词，我们聊得挺高兴的，给他的电影也提了点建议，他就忽悠我跟着他一起写剧本。就这样开始写了。”孙闯闯不知道自己为什么会这样说。他曾经确实给程导的电影主题曲填过词，但一起写剧本的事绝对是虚构出来的。然而，这虚构出来的事，就那么自然而然地脱口而出了，且言之凿凿，跟真的一样。孙闯闯没有故意欺骗张静兰的意思，当他自己讲完这些时，就连自己也惊呆了。

“程晓天？我们太熟了。”张静兰一下子感兴趣了，开始讲述她和晓天导演相识的过程。孙闯闯屁股在椅子上挪了挪，下意识地看了一眼手机。张静兰滔滔不绝，毫无要将话题收尾的架势。五位年轻小朋友，认真听讲。邓科看上去听得也挺来劲儿的。

“张总……”孙闯闯突然打断了张静兰，其中两位小朋友相互交换了下眼神。

“您看，我们是不是可以聊下剧本了？”

张静兰似乎要讲到与晓天导演相识的高潮部分，但突然被打断，面显尴尬。她捋了一下头发，将一边的头发别在了耳后，露出了一只夸张而闪亮的耳环。

“那好，你开始吧。”

孙闯闯舔了下嘴唇，半天说不出话来。那只在心中膨胀得要爆炸的气球，瞬间蔫扁了一半。会议室里的冷空气仿佛凝结住了时间，所有人都在等待孙闯闯的“开始”。然而，此刻的他，忽然觉得他的剧本，以及剧本中交错反复的剧情以及他心中的表达，面对这个珠光宝气、八面玲珑的张静兰，完全不值一提，甚至感到自己是如此的卑微。可是此刻的他又能怎么办？

从孙闯闯开口讲述剧本，张静兰开始低头摆弄手机的这一刻起，他就已经败了。他花了大概十分钟，前言不搭后语地讲完了。从始至终，张静兰都在低头摆弄手机，没有打断他。直到再次沉默，张静兰才猛然抬起头，道：“你这个剧本太套路了，之前看老汪也写过一个类似的。老汪你认识吗？我们很熟的，也是一个有名的编剧，《大上海》就是他写的。”

孙闯闯没有为自己辩护。

“我知道你的写作功底不错。你认识晓天导演，他也赏识你，那就证明你还是有才华的。我们公司现在需要一个写手，你看你要是愿意的话，可以来我们这里上班。”张静兰倒是很客气，面面俱到，也很真诚地邀请他。

孙闯闯站了起来，将电脑扣上、抱起：“张总，您的好意，心领了。”话音未落，便大步迈出了会议室。

会议室里那五个长得很好看的小朋友，各自低头。小雯儿依旧在打字。

“行了，别再记了。把今天的会议记录删了吧。”张静兰又说，“这个人脾气太大，又不是什么知名导演编剧的，要什么大牌。”

邓科说：“这个人不太适合团队合作。”

张静兰将自己挪到了会议桌旁边的沙发上，摆弄着茶几上那套工夫茶茶具。

“但这个人似乎还有点才华，我以前听说过他。”

“才华？他拍过什么？不就是写写歌词吗？”

“倒也没拍过什么特别有名的电影，就是得过几个港台的音乐奖项。他大学没毕业就去《音乐风尚》工作了，那边的主编特别看好他。算是有点才吧？”

“这些跟电影有什么关系？”

“您听着呀，他跟炎雅伦的关系特别好，炎雅伦在当年可是叱咤风云的。”

“那跟电影也没关系呀。他这跳来跳去的，就说明他不是一个能长期合作的人。这人一看就是性格有缺陷。邓科，你不会是炎雅伦的粉丝吧？”

“算是尊敬吧，崇拜谈不上。”但实际上，邓科那时确实是炎雅伦的粉丝，同时也是孙闯闯的粉丝。那些千里迢迢，为了追星而来北京的人群里，就有邓科。

“那你就是那小子的粉丝！”

“怎么可能！我还没那么低级趣味。”

“小雯儿？过来一下。”张静兰对邓科的陈述已经失去了兴趣，确切地说，她是对孙闯闯这个人失去了兴趣。张静兰又说：“把这个人的照片摘下来吧，再联系联系剩下的四个编剧。”小雯儿踮着脚，把孙闯闯连带个人简介的照片摘了下来，团成一个纸球，扔进垃圾桶里。

从张静兰的公司出来，孙闯闯接到了《摩登音乐》的来电，是小姚儿。

“孙老师……”还没等小姚儿说完，孙闯闯立马打断了：“哦，抱歉啊，我现在已经不写乐评了。”

“这事儿苏总已经知道了。我是想说，之前您不是还给我们写过一个歌词吗，苏总很满意。但唯一有个小小要求，您看看能不能再稍作改动，具体的改动要求已经发到您邮箱里了。”

“我觉得我写的没问题，一个字儿都不能改！”孙闯闯气愤地挂下电话。

他走进了一条胡同里的公共厕所，看见粪便大肆喷射在蹲坑周围。人们毫不掩饰地将排泄物暴露在外，再精神抖擞地迈出这一肮脏之地。这股骚味儿使孙闯闯的尿急感加剧，膀胱的酸胀让他一下子也喷射到了别人的粪便之上。孙闯闯屏了一口真气，让他一边提裤子，一边跑出了厕所，狼狈得就好像刚被强奸了一样。

从厕所里出来后，孙闯闯徘徊在大街上。他忽然觉得自己贱。为什么要撒谎？而且是那么低级、廉价的谎。他恨张静兰更恨自己。顺着路走，就走到了费主席家。他不知费主席是否在家，但也无所谓，爱在不在，反正无处可去。他推开主席家门，果然在家。他戴着副硕大的透明眼镜和口罩，身体被另一个巨大的塑料身体遮挡住，那是费主席新设计出来的“大玩具”。他在为它喷彩漆。

孙闯闯到了主席家里，直奔冰箱。

“我说你进来能不能‘吱’一声，以为进贼了。”费主席叼着烟，口齿不清。

“你家里怎么连冰可乐都没有？混成你这样，也够惨了。”

“是挺惨，不然你给我介绍个妞儿得了。”

孙闯闯没搭理他，假装参观费主席收集的玩具。

“说吧，又出什么事儿了？”

“也没什么事儿，就是今天又去见了一个什么总儿。”

“冯煜给你介绍的那位？”

“嗯。”

“他给你介绍的人能靠谱吗？别搭理他们丫的。”

“她叫张静兰，除了跟我盘道儿，就没聊别的。”

“她多大岁数？”费主席问。

“这种人不好猜，模样看着跟我差不多，但气质像四十多的，气场像五十多的。”

“这么邪乎。你们都聊什么了？”

“本来是要跟她聊我的剧本的，可她满嘴跑火车，好像整个娱乐圈都是她朋友，范冰冰是她姐，王中磊是她哥，七大姑八大姨的都认全了。到聊剧本的时候，她出去了，派了一帮小孩儿跟我聊。”孙闯闯又撒了另一个谎。

“那这不挺好的，能把剧本聊上就行。我对你绝对有信心。那后来呢？聊得怎么样？”

“没什么后来。他们连……”孙闯闯把后面的话咽回去了。他的脸开始扭曲，生气中好像还夹带着一丝委屈。

“连……什么？”

“不知道，他们既没肯定，也没否定。最后我一气之下走了，老子还不跟他们玩儿了。”

“这倒是也正常，他们就是这样，在知道你的来头之前，绝不会轻易得罪你，即便人家把你底细摸清了，人家即使看不上你，也绝不会当面讽刺数落，与你发生正面冲突。你和人家拍桌子叫板，他们就把你当猴儿看，等你耍够了，没准还得好心地劝上你两句。可你想过事后吗？说句不好听的，你就是被惯的。脾气大，还……”费主席突然住了嘴。这一段话，让孙闯闯很不爽。他有什么资格来教育我？可思来想去，他说的好似又有几分道理。这感觉就像那天在医院，和冯煜聊天一样。孙闯闯现在很疑惑，其一，为什么现在谁都可以对自己说教，然而自己又无力反驳；其二，为什么一聊到跟电影沾边儿的事，就爱撒谎呢？

“还什么呀？”半晌后，孙闯闯说。

“没什么，反正以后你得注意点儿。”

“我还有事，先走了。”孙闯闯站起来，走出了费主席家。

其实费主席还想说他幼稚，但这个词不能说，即便事实如此也不能说。

费主席听了孙闯闯刚刚经历的，为他心疼。他说的张静兰，费主席太熟悉了，他们曾经有过密切的合作。但费主席不想将这些告诉他。

## 我叫费乐乐

费主席原名叫费乐乐，出生在四川大凉山。在他之前，家里已经有了三个孩子。费乐乐纯属是个意外。可能是因为从他一出生就不太会乐。家里怕他是个自闭症儿童，总盼着他能笑一下，就取名为费乐乐。小时候，父母都很忙，四个孩子照顾不过来。在费乐乐出生时，老大费英雄已经十岁，可以照顾弟弟妹妹了。费乐乐主要是费英雄照顾的。但费英雄并不喜欢这个弟弟，连父母也不喜欢他。他性格古怪，不喜欢和小朋友玩儿，也不喜欢说话，只喜欢拿着粉笔到处画。家里除了天花板，哪哪儿都有他的画迹。为此，费英雄总是打他。可父母在暗地里告诉费英雄，别拦着他，你这弟弟怕是自闭症，好不容易有个爱好，就不要再阻拦了，回头再出个什么意外，咱这辈子都得沾一身腥。费乐乐从没有感受过家庭的温暖，父母和几个兄弟姐妹虽然不打他，也不骂他，是因为都不敢招惹他。怕他自杀，死了。只有一次，他发了高烧，母亲抱着他睡了一晚。那晚，费乐乐才感受到一丝丝母亲的温度。他对母亲美好的回忆，也停留在了那一个晚上。直到现在，他有时候做梦依然能梦到那个夜晚。在他十岁的时候，父母告诉费英雄，等弟弟高中毕业，上了大学就让他走吧，以后不要再回来了。

费乐乐真的考到了北京，还考上了美术学院。二〇〇六年时的费乐乐刚从美院毕业，那时候的他戴着一副厚片眼镜，从侧面看，镜片会折射出无数个圈圈来，在那副镜片的后面，是一双总也睁不开的眼睛。他看人的眼神也是游离不定，走路有点跛脚，满口乡音，说不上来是哪里的话。反正对于孙闯闯来说，外地口音听着都一样，孙闯闯也很嫌弃他，倒不是因为他的口音，是他一副永远睡不醒，且萎靡不振的屌丝样儿。后来，费乐乐的跛脚好了，但具体是什么时候好的，大家谁都记不清，连他自己也不知道。费乐乐的双腿其实很健康，是他自己故意跛脚的，他觉得这看上去很可怜，像个弱者，可以引得别人的同情。

当时的费乐乐不知道，他的毕业约等同于失业。他从被学校“轰”出来，被宿舍“踢”出来的那一瞬间才意识到，自己无处可去了。他卷着铺盖卷儿和画夹，痴痴地望着美院校门口，推了下眼镜，终于瞪大了眼睛说：“完了。”但即便如此，他也没想着要回家，眼睛还是看着蒙蒙眬眬的前方，从没想过要回头。他对眼前的境遇没有一丝的恐惧，一无所有的他对一切都是麻木的、迟缓的。他坐在校门口，直到深夜。费乐乐终于开始思索自己下一步该去哪里。夜里两点，他毫无困意，站起来活动下锁死的关节，在大街上溜达着，走到了一间网吧，停下来。网吧门口挂着一块半亮不亮的企鹅招牌，企鹅在这条被暗黄色路灯照耀的夜路上，显得很不起眼。费乐乐进去了，里面一片嘈杂，烟雾弥漫，方便面和烟味儿混在一起。他仿佛又回到了大学宿舍，又回到了那个温暖的子宫里。他去前台交了包夜的钱，选中一个角落的位置，逛荡在美院论坛上，他有点儿喜欢这个地方了。角落里的小沙发，让他感到无限的安全，他想留在这里。

天亮了，他睡着了，包夜的时间也到了。他被店伙计拍醒，恍恍惚惚睁开眼睛："我想来这儿打工，我干什么都行，我没地方去了。"

"我们这儿又不是收容所，赶紧走人。"

"我干什么都行，工钱少不给钱都没关系。"

费乐乐虽是迟钝的，天真的，但也是随意的。自从那晚他听见母亲对费英雄说考上大学就让他走吧以后，他对生活就没什么指望了。除了画画，他什么都不喜欢，在哪儿画不都一样吗？

就这样，他留在了网吧，负责晚班，包住不包吃。他白天在十个人的宿舍里睡觉，睡醒了就画画，再传到美院论坛里。在论坛里，他算是个“大神”，有很多“粉丝”，他在论坛里，也卖了一些画，赚点儿外快。他的开销不多，赚的钱除了吃饭，就是买点儿美术用具，其余的钱全存在了卡里，他也不知道这些钱留着有什么用。

费乐乐在网吧耗了一年，说是耗着，其实是画了一年。画完了就登在网上，有人喜欢就将其买走，他所有的画只有最低价，没有最高价，给多少就看买主自己觉得这画值多少钱了。费乐乐觉得这样很有意思，他想知道自己的画到底在别人心里值多少。他只有自己特别喜欢的两幅不卖。那两幅一直藏在画夹的内衬里，从未展示过，谁也不知道画的是什么。

就连他自己也从没想到，在这一年里，他的银行卡里已经有一笔非常可观的钱。这钱有多少呢，在南四环租一间屋子，以他的消费水平，可以够他闲待着五六年的。

终于有一天，论坛上，有一个号称是他粉丝的人想见见他。一开始费乐乐拒绝了他，后来，他禁不住粉丝的各种骚扰，终于在这间网吧门口会面了。这个人就是冯煜。

约的是晚上六点，七点费乐乐要上班。冯煜五点半到了，坐在网吧门口的台阶上，靠着墙，头顶上就是那个闪烁微光的企鹅。他紧张，怕见了费乐乐不知道该怎么说。他知道费乐乐这人有点怪，从画上就能看出来，费乐乐的内心住着两只相互厮杀的猛兽，疯狂和病态中夹杂着忧伤和孤独。

六点钟，费乐乐走出了网吧，像是一个发霉的、从地下管道里爬出来的人。冯煜咽下口水，有点蒙，但还是向他伸出手，介绍自己。

“我叫冯煜，比你小两届的学弟。”

“你好。”费乐乐舔了下干燥的嘴唇。

“我今年毕业了，准备成立一个自己的工作室，想邀请你来。”费乐乐眼神游离不定，始终没有看冯煜一眼，总是绕着他转悠。

“不然，咱们换一个地方聊聊？”

“就在这儿吧，我七点上班了。”

“你在这儿上班？”

“嗯。”

复杂情绪使冯煜的脸变得扭曲。他想哭，想抱着费乐乐哭，并下定决心，无论用什么办法，都要让他离开这儿。

“费老师，您听我说。开工作室这事儿，您一定得听我的。我们工作室需要您……”

冯煜对费乐乐没有功利之心，是纯粹的欣赏与怜惜。他觉得像费乐乐这样的人可称为大师，大师不应该被湮没，更不应该在这种地方。冯煜从如何变成费乐乐的粉丝开始讲起，又讲了费乐乐在圈子里的江湖地位。天色渐渐暗下来，两人从网吧聊到了路边摊。费乐乐被冯煜打开了人生中的另一道门。冯煜畅想着未来，他的未来包括了很多，其中就有费乐乐。路灯照亮了整条街，费乐乐觉得眼前一片金灿灿的，仿佛自己已经置身于冯煜的未来之中。仿佛那个有着理想、才华以及整天和一群气味相投的朋友聊天画画的人，就是现在的他。

他忽然明白，原来人生还有另一种可能性。

冯煜知道费乐乐动心了，没再往下说。他看了一眼表：“哎呀，都这么晚了。费老师您是不是要回去上班了？”

“不去了，你的工作室什么时候开？”

冯煜心里乐开了花，觉得费乐乐身上也散发出一团金灿灿的光芒。

“费老师，我和几个同学得商量下资金的事情。”

“需要多少钱？”

冯煜琢磨着，还没等他开口，费乐乐就说：

“我这有五万，够吗？”

冯煜惊呆了，这远远超出了他的预估。其实两万就够，包括交房租和置办家具以及绘画工具。

这天夜里，费乐乐和网吧老板坦白了自己的想法，老板很支持他。虽然他不是一个勤快的人，对于老板也不是一个称职的员工，但他很老实，从不迟到早退。对于黑白颠倒这事儿，也没什么怨言。由于工作室还要简单装修，他又在网吧里住了两个星期。在网吧里待了一年的时间，老板对他还是有感情的。走的时候，老板对他说："以后要是有什么困难，随时欢迎你回来，并且祝你在艺术的道路上，取得成功。"之后便离开了。

费乐乐离开网吧，住进了工作室。起初敞亮开阔的生活环境让他不适应，他害怕晚上，害怕黑夜。他觉得一到晚上，他笔下的那些妖魔鬼怪就活了。他突然无比想念网吧的宿舍，闭塞狭小的空间给予他无限的安全感，就像是躺在母亲的怀抱中。在工作室的第一个夜晚，他居然哭了。

不久，费乐乐就接到了人生中的第一个"大单"，是给一个香港影视公司驻京的发行公司设计电影宣传海报。联系他的人就是张静兰。张静兰那时候还是一名电影发行人员。为了省钱，该发行公司就从美院找到了刚毕业的费乐乐。他日夜加班，一个星期后交出了海报，但张静兰百般挑剔、为难。那时的费主席尚且年少轻狂，骨子里算是个艺术家，艺术家都有自己的脾气，起初不愿妥协，但被折磨了一个月后，终于放弃了，不再和张静兰较劲，也不和自己较劲了，爱谁谁。但张静兰还是不依不饶，最后，费乐乐说，我不要你钱了，你饶了我吧，这活儿我不干了。再后来，他所设计出的第一款海报问世了（当然了，钱还是没给）。从电影上映前到下映后，总共两个月的时间，费乐乐无论走到哪儿，都能看见自己设计出的那第一款电影海报。他咬牙切齿，决定要打击报复。

他在工作室里发了疯似的转悠，愤怒的情绪充满了整个大脑，他甚至想要暗杀张静兰，一遍遍构思着如何将她置于死地，而不被警察发现的手段。杀死张静兰的画面一遍遍重复着。后来，冯煜知道了此事，安慰费乐乐说：“这事儿你不能生气，他们之所以对你要求这么苛刻，其实就是不想给钱，但结果他们还是用了，这说明什么呢？”

费乐乐说：“说明他们该死！”

冯煜：“错了，你要端正自己的态度。”

费乐乐愤怒地看着冯煜，很想给他两拳。

冯煜：“说明，他们对你的才华还是认可的。这就是好事儿，你等着，他们下次有活儿还会找你的。”

“还敢找我？我弄死他们！”

“你这人怎么这么轴？下次找你，你就得让他们先给你钱，跟他们摆架子，懂吗？”

“先给钱？”

“对，不给钱，你就不给他们干。这话要先说在前面，这就是传说中的话语权。”

费乐乐眼神疑惑了，也柔和了。

果不其然，正如冯煜所言，张静兰果真又找到了费乐乐，费乐乐按冯煜的路数，成功掌握了话语权，顺利地拿到了一笔设计费。费乐乐的名气与身价瞬间又提升了一个档次，这多亏张静兰的赏识。他忽然觉得张静兰是他的恩人，也觉得张静兰这人特仗义。但这些事儿，费乐乐谁都不想告诉，尤其不想告诉孙闯闯，怕他会看不起自己。

费乐乐遇到孙闯闯是在他提高了身价以后的事儿，冯煜带他见的。孙闯闯像一团明晃晃的光，照进了费乐乐的世界。那时候孙闯闯刚结婚，和新媳妇儿一起搬到了二手的新房里。客厅的墙纸被前主人撕去，露出丑陋的墙皮。为省钱，孙闯闯叫来了一帮朋友给他刮大白，这其中就有冯煜，冯煜带着费主席也来了。两天的努力，大白算是凹凸不平地刷完了。新媳妇儿瘪嘴不满，把客厅弄成这样，还算什么新房？后来费乐乐说，你不嫌弃的话，我帮你在墙上画点儿装饰吧？费乐乐声音小，口音又重，孙闯闯又不认识他，道：“你说什么？”

冯煜连忙解释：“哦，这事儿怪我，都来了两天了，也没给你介绍。这位是费乐乐，特别有才的插画师。也是电影海报设计师，那个《天才魔术团》的电影知道吧？海报就是他设计的。我给你看看他作品啊。”

孙闯闯并不知道那个电影，但他看到费乐乐自己画的插画作品时，眉飞色舞：“真不错，这事儿就交给你了。”

一个星期后，孙闯闯与媳妇儿再进客厅，惊呆了。客厅的一面墙连着房顶都被费乐乐的画占据了。是一个头发开满了曼陀罗的女人，女人半裸，伸出来的四只手捧着自己的心脏。孙闯闯喜欢极了，立刻要与费乐乐当朋友。但孙闯闯一定不知道，他媳妇儿觉得那画真恶心。

后来，费乐乐进入到了孙闯闯的圈子里，孙闯闯去哪儿都带着他。费乐乐喜欢这些时髦、有朝气、漂亮的年轻朋友。再后来，孙闯闯给他介绍了很多音乐圈的朋友，包括炎雅伦。在那段时间里，市面上很多的专辑封面都是费乐乐设计的。时间久了，费乐乐已经成了大师级别的设计师，很多玩具厂商和漫画制作公司都找上门来了，他和冯煜又进入到了另一个圈子——地下漫画圈。从这以后，费乐乐逐渐将身上那股“霉味儿”和浓重的口音褪去了，费乐乐也被孙闯闯改名成了费主席。

多年后的今天，费乐乐已经成了费主席，张静兰也由一个电影发行，成了一个电影公司八面玲珑的“总儿”。费主席感叹着，这个世界可真小，转来转去，她又让孙闯闯给碰见了。真有意思。

## 孙闯闯又栽了

邓科很快就和孙闯闯成了朋友，这不是孙闯闯想要的结果。但邓科身上有一种让人难以拒绝的魔力。谁都能成为他的朋友，谁也都不是他的朋友。多年后，每当孙闯闯看到邓科的名字出现在片头或是片尾的时候，总会打个冷战。按理说，他应该恨邓科，可回想起来的全部是与他在一起那些美好的回忆。孙闯闯也总是在想，到底是从什么时候，从哪一件具体的事儿开始，他们成为朋友的？换句话说，自己是具体因为什么把他当成朋友的，他想不起来了。这个世界上，孙闯闯只服邓科一个人。

“在哪儿？”邓科问。

“在家。”

“晚上来浮云会一趟。”

“没空。”

“是正事儿。”

“……”

“艾娱乐影视公司的老板要找编剧，我就推荐了你。”

“行，几点，在哪儿？”

“稍后告诉你。”

挂了电话，孙闯闯立刻从被窝里跳出来，挑了一身体面的衣服，出门了。浮云会，他在心里盘算着，听着像是夜总会。

果然，当出租车停稳后，他犹豫了两秒。夜晚中，浮云会像是一座冒着金光，颇有魔幻色彩的宫殿。他给邓科发去信息：是浮云会吗？我在门口，你在哪儿？

孙闯闯下车，便站在路边等待邓科的回信。十分钟过去，邓科发来了信息：208房间，他盯着这个数字好一会儿，硬着头皮进去了。服务生的周到让他无所适从，他透过208房间门缝，看到了邓科与几个中年男子碰杯，两个中年妇女在唱歌，并无小姐。

孙闯闯推开包房的门，邓科赶紧迎了上去。

“咱们不是聊剧本吗？怎么聊到夜总会来了？”孙闯闯说。

“聊剧本还挑地方？跟哪儿聊不一样。”

两位唱歌的妇女闭嘴了，瞬时静了些。

“这位就是著名的孙闯闯。”邓科向几位中年男子介绍。

孙闯闯面显尴尬，和几位中年男子点头示意。可那几位的表情木讷，对他的到来丝毫提不起兴趣。待孙闯闯坐稳后，服务员为他倒上了酒。邓科贴着旁边男人的耳朵，喊着介绍孙闯闯。那男人瘦脸，油头，脸颊上有颗硕大凸起的痣，像是趴了一只苍蝇，小手指上留着长长的指甲，看上去五十岁上下。出于礼貌，孙闯闯端着酒杯对着瘦脸男人一饮而尽。瘦脸继续和身边几人谈着业务。孙闯闯仔细听了听，瘦脸就是邓科说的影视公司老板，而他身边那几位似乎是做地产的，如今地产业不景气，瘦脸一直劝说他们进军影视业，以及分析影视行业的大好形势。几人聊得热火朝天，两位妇女又一首接一首地唱八十年代的港台流行曲。孙闯闯捅了一下邓科，叫他出去一趟。两人一前一后，去了洗手间。

“你今晚叫我来干吗？耍我是不是！跟这帮土老帽有什么可聊的？”孙闯闯扭头便走。

邓科拉住他胳膊说：“当然有得聊，你可别看不起他们。这帮人不懂剧本，就是有钱。你先别急，谈事儿都是看时机。”

邓科见孙闯闯情绪稳定了又说：“是这样，我手里有一些国外的剧本，到时候我找人翻译好了给你，你再稍加创作。我等你的剧本出来后，再找屋里那几位土老板投资……”

“邓科，你还是人吗？这事儿你都干得出来？”

“告诉你个秘密，我是制片，不是人。你脑袋别那么死性，这可是好事儿。钱多，活少，最后署名还是你的。多好，说不定你就一举成名了，这以后机会还不多了去了，别说写剧本了，你就自己当导演都行。多少人都想揽这活儿呢，可他们没资源啊。哥们儿有好事儿，都想着你呢。”

孙闯闯不说话了，安静地回到了包房里。他被邓科的话动摇了，但直到后半夜，邓科仍是没有和那几位土老板谈到剧本。这件事儿过了以后，就再没动静了，邓科也联系不上了。

转眼到了冬天，《摩登音乐》的小姚儿给孙闯闯寄来了专辑，在填词人那一项后面，孙闯闯的后面又加了一个人。孙闯闯气急败坏地给小姚儿打了电话。

“为什么我的名字后面又加了一个人？”

“我们老大觉得您写的词还是有些问题，例如那些敏感的词汇，歌里面是用不了的。之前也跟您沟通过这个问题，您不愿意改，就让别人改了一下。所以……”

“好，知道了。”

孙闯闯平静地又看了看专辑，平静地将CD塞进了架子里。

最近，费主席一直忙于个人展览的筹备中，与冯煜和小芒儿人忙得不可开交，但还是抽空与孙闯闯见了一面。孙闯闯很颓废，像个野人，在与费主席聊天时或是语无伦次，或是安静地嗑瓜子。最后他忽然说：

“我以前觉得处处可能都是机会，不要轻易放弃每一个。但我错了，不是所有的都是机会。那些我原来想要拼命抓住的，都不是。机会是给像张静兰和邓科那些人准备的，不是我这样的。主席，说句实在话，我觉得你有一天，可能会成为像他们那样的人。但这不是什么坏事儿。”

孙闯闯躺在沙发上。

费主席没承认也没有否认，他又想起了当年与张静兰，以及许多像张静兰那样人“合作”过的事儿。过了一阵他又说：“你那个剧本我能看看吗？”

“看吧，随便看。想怎么看就怎么看。”

夜深了，孙闯闯在沙发上，轻轻打鼾。费主席看得入迷，从客厅的沙发看到了孙闯闯的书桌上。他一页页地翻，用笔圈圈点点。像个精神上出了问题的人，在深夜中自言自语。下雨了，风中夹杂着雨水，从纱窗溅到了窗台，又从窗台蹦到了剧本上。他终于看到了最后一页，又看了看睡相丑陋的孙闯闯——他双手压在脑后，一只脚垂放在地上，另一只横在沙发垫子上。忘了从哪本心理学的书上看到，喜欢将双手垫在头下睡觉的人，都是单纯且阳光的。费主席忽然心生怜悯，也让他想起了小时候，无意中听到母亲悄悄对哥哥说的话。想起了曾经那些窝在肮脏狭小的床铺上，就像一只臭虫，在网吧黑白颠倒的日子。往事使他后脖子发凉。他发誓自己再也不要过那样的日子了。回忆点滴成河，将他淹没。命，是什么，现在的费主席也大概知其一二了。雨停了，阳光从云层中射出来。他望着逐渐透亮的天空，做出了一个重大决定。他拍醒孙闯闯："别睡了！"

孙闯闯睡觉轻，立刻便醒了："你怎么还没走？"

"剧本看完了，牛逼！"

"这还用你说？"

“我有一想法，想听吗？”

“不想听，我再睡会儿。”

“咱自己把剧本拍出来吧？”

孙闯闯翻了个身，果真又睡了过去。

## 孙闯闯要单干

孙闯闯骑着摩托车，车把上挂着七个盒饭，到了费主席家里。今天是孙闯闯当导演的第一个日子，准备宴请全体剧组。

费主席的家在南二环，老小区，六层，没电梯。孙闯闯把摩托停放妥当，拎着七个盒饭爬上了楼。楼道里弥漫着烂香蕉和鱼腥味儿，他觉得很亲切，想起了小时候。

孙闯闯爬到四层半就爬不动了。他把七个盒饭撂在地上，双手撑膝，大口喘气，眼睛向上抬了抬，还有一层半，但他无力再向前迈动一步，他觉得自己永远也到不了费主席家了。五层有人下到了四层半，倒垃圾。是个年纪大约五十的中年人。

“你去哪儿呀？”

孙闯闯还是说不上话来，向上指了指。

“现在你们年轻人真是欠练。”

孙闯闯还在用力喘气，但他很高兴，自己被一个五十岁左右的人称为“年轻人”，无论自己是否年轻，但至少看上去还算是个年轻人。他忽然浑身又充满了力气，两步一个台阶，一口气冲到了费主席家门口。他把两只手的盒饭，并到一只手上，推门进去了。费主席的家永远不锁门。原因有两个，第一是他记性差，永远忘记带钥匙，曾经叫过五次开锁的人，为此，至少花过小三千块钱；第二，因为家里也没什么值得一偷的，除了玩具就是书、CD和四五盆高大而茂密的木本植物。

费主席此刻正和小芒、冯煜窝在沙发里讨论自己的新作，小芒、冯煜嗑瓜子。远处看沙发的凹陷程度，他们就像坐在地上。小芒是孙闯闯电影里的女一，冯煜是男一，费主席是摄影兼走过场的。还有斑马乐队的三个人，也会担任部分角色。他们见孙闯闯进来，都很高兴，起立迎接。费主席迅速接过他手中的盒饭，小芒和冯煜立刻将茶几上的玩具、杂志、瓜子皮、烟灰缸收到了一边，他们对费主席的家很熟悉，知道这些杂物该如何安置。这一举动，莫名地让孙闯闯感到了一丝妒忌。

“这都什么年代了，叫个外卖就好了，何必自己拎过来呢。”费主席道。

“这家馆子不送外卖，还没有菜单，老板做什么你就吃什么，但每道菜都会惊艳到你们。真的，你们尝尝就知道了。”孙闯闯一边说着，一边将塑料盒子打开。

饭菜摆好，几人围坐下来。

“斑马乐队那三个人呢？”费主席问。

“他们今晚有演出，排练去了。”

几个人沉默了，这个开机仪式并没有大家想的那么隆重，甚至有点儿凄凉。

“不管他们了，反正今天也没他们的戏。吃完咱们就开干。”费主席又张罗着碰杯缓解尴尬的气氛。

但无论怎样，尴尬的气氛就是挥之不去。孙闯闯曾经那“呼风唤雨”的能力没有了，那些围着他团团转的音乐人也不见了。没想到，最后靠谱的居然是冯煜和小芒。孙闯闯感谢他们，但感谢并不代表着欣赏。

饭后，孙闯闯从塑料袋里又掏出了一袋炒瓜子，两斤的量。冯煜和小芒忽然觉得他变得随和、亲民、接地气儿。两斤的瓜子，一下子把他们的距离拉近了。

费主席讨厌瓜子，他总觉得瓜子是小啮齿类动物吃的，并且这一举动特别的不艺术家范儿。他拿着剧本，又将自己的台词背了一遍。

"待会儿，第一场戏的时候，你就坐在沙发上，和小芒聊天。你俩聊的时候自然一点儿，就当正常聊天，也不用非得按照剧本上的背。别紧张，打个磕巴什么的，都无所谓。"孙闯闯说。费主席把大灯和遮光板调整了位置。

小芒还是紧张，她只要面对镜头就紧张，包括照相。她走到了窗外，外面白茫茫的一片。

"下雪了。"小芒说。

"眼花了吧？"冯煜说。

"真的下雪了，真的下了！"费主席激动地叫了起来。

雪花如指甲盖般大小，纷纷扬扬地落在树叶上、房顶上和孙闯闯的摩托车上。四个人趴在窗户上，欣赏这全市人民盼了一年的雪，终于在这天——他们开机的日子里，落下了。

这是好兆头吗？孙闯闯思索着。

几个人痴痴地望着窗外的雪，恍神了。孙闯闯很久没有看过雪了。去年的北京仅下了一场，但他错过了，他仔细思索着，到底是因为什么事情错过了？他的记性不好，过去发生的事情总是被周围的人提起，才能想起来。但这次，他想起来了，是陪着斑马乐队走穴去了。北京下雪的那天，他们正在成都。成都的冬天很冷，室内没暖气。当晚演出现场，一个可以容纳二百人的场地，却挤了快三百人，挤不进来的就在酒吧门口站着听。到后来，老板索性不售票了。孙闯闯能跟着斑马去走穴演出，有一半原因是自己应邀（硬要）去的。他说自己可以掏全程的机票和住宿费，原因是他想离开北京一阵子，散散心。

斑马在成都的乐迷最多，是整个巡演中最重要的一场，所以他们演得格外卖力气。他们想让孙闯闯在演出的中段做一个演说。主要原因是他们可以在后台休息片刻，顺带着再让孙闯闯吹捧一下他们的新专辑。孙闯闯很激动，他很重视这在台上的半小时。演出的前一个晚上，他在简陋的旅馆里认真地写下了演讲稿。他已经许多年没站在台上，在众粉丝面前讲话，也许久没被如此多的人所注视了。他有太多的话想说，但又无从说起。孙闯闯不抽烟，去年戒掉了，他攥着一支铅笔，只好静静地望着嘈杂的窗外。

演出当天，孙闯闯用心将自己打扮了一番。现场，偶有认识他的人对他指指点点，也有粉丝要求合影。但他顾不上沾沾自喜，胃里阵阵痉挛使他表情僵硬，肢体迟钝。这让人误以为，他还是多年前那个红遍大江南北、桀骜不驯的孙闯闯。可孙闯闯深知，如今的他已被大家遗忘，是一个挣扎在泥沼里的人。当斑马主唱准备介绍孙闯闯时，他在台下立刻灌了一瓶冰镇啤酒，好让自己冷静。他终于上场了，成都的粉丝还是报以了热烈的掌声。孙闯闯拿着话筒，面对着一张张期待的面孔，竟一个字也说不上来。心中的大石头堵在了嘴巴里，也许是因为那瓶啤酒，他左摇右晃，小动作令人眼花缭乱。台下有一个男声嚷着："说话啊！"孙闯闯把麦放在了嘴边："嗯……今晚很荣幸……"后面他又说了些什么，就连他自己也忘记了。后来演出结束，他回到旅馆房间，失声痛哭。

后来斑马乐队没有责怪他，称他们永远都是孙闯闯的哥们儿，只要有需要，他们随叫随到。可今天，他们三人并没有出现，也许以后也不会出现了。

想到这里，孙闯闯突然缓过神来了。冯煜、小芒和费主席已经准备就绪，收拾好了残羹剩饭，并已各就各位，等待孙导的“开机”。

孙闯闯依旧望着窗外，突然开口：“咱们今天拍个外景吧？”

“外景？”费主席蒙了，冯煜和小芒也蒙了。

“好不容易下一场雪，不能就这么浪费了。”孙闯闯说。

“可是咱们没有雪景的戏呀。”冯煜说。

“把剧本给我看看。”孙闯闯说。

小芒赶紧递上了剧本，孙闯闯翻看着。

“就把第六十四场的外景改为雪景的，挺好，还有助于煽动气氛。”孙闯闯说。

“六十四场？那不是最后一场了吗？”费主席说。

“是啊，咱还得快点儿，不然雪估计一会儿就化了。”孙闯闯说着就穿上了外套。

其余三人只好也跟着穿上外套，出门。

从楼上粗略地放眼望去，整个城市似乎是洁白的一片，但实际上，无论是哪条具体的街道还是树坑都无比肮脏。雪花洋洋洒洒地从天而降，落在地面上，消失在泥泞中。

费主席也拿出手机，调到拍摄模式，有限的手机画面中，确实脏兮兮的一片。费主席努力寻找有雪的地方，但无济于事。

“你确定今天要拍外景吗？”费主席道。

孙闯闯心里犹豫了，但依然坚持说：“拍！”

“主席，你就一直往前走，走到前面那根电线杆子前，停下。自己酝酿酝酿，停下的时候你得泪流满面啊。”

“这哪儿酝酿得出来，一下蹦到最后一场，完全进入不了角色。”

“别废话了，趁着现在雪大，赶紧拍。”

费主席面有难色。

孙闯闯将手机设置到专业拍摄模式，镜头对准了费主席的背影。雪花一片片落在费主席的头上和肩膀上，左手边是泥泞的小路，右手边是一排违章建筑的小商小铺。画面中的费主席，略显凄凉。他径直向前走着。

“走慢点儿！”孙闯闯喊了一声。

费主席回到原地，重走一遍。他一边走，一边酝酿着。当他转过身，看着在雪中，举着摄像机的老孙时，突然绷不住了，眼泪夺眶而出。他为自己感到可悲。他想到了自己这无比可耻的计谋，在成功与友谊之间，他无情地选择了成功。想到那不堪的曾经，他只能无情地继续向前走。但这一步，是对是错，他也不知道。

费主席走到了电线杆旁，驻足了。孙闯闯用手机对着他，惊呆了。费主席已泪流满面，他的身体一抽一抽的，无法控制。冯煜和小芒也傻了，不知道是不是应去安慰他。

开机的第一天，就把最后一场戏拍完了，但这并不影响后面的进度。所有人上楼，继续第一场戏。回去路上，费主席和孙闯闯虽默默地并肩前行，但都听不懂彼此的沉默。费主席情绪已然平复，他对孙闯闯说：

“怎么样？刚才表现不错吧？”

“吓我一跳，你这是想起什么了？哭得也太惨了。”

“惨吗？我怎么觉得恰到好处呢，就凭最后这一个镜头，咱们可以去参加威尼斯国际电影节了。”

冯煜和小芒在后面走着。

小芒：“我猜他是想起他小时候了。”

冯煜：“我也这么觉得。”

小芒：“不然也没什么事儿让他哭得这么惨啊。”

几人回到了费主席家里，家里还是一股子没散去的菜味儿。

孙闯闯又翻了翻剧本：“我突然想到一个问题，你们都知道这短片的意思吗？”

“知道啊。”费主席不假思索。

“那你说说。”孙闯闯道。

“就是一个我跟小芒去寻找偶像的故事，但最后才得知偶像死了。”

“我觉得不止这些，孙老师可能想讲一个寻找死去的艺术家的故事。”小芒说。

“没事儿啊，你们自由讨论，怎么理解都行，没有正确答案。”孙闯闯又说。

冯煜、费主席、小芒开始了一场激烈的“厮杀”，都觉得自己的想法特别对。并且还以场次举例，证明自己是正确的。

孙闯闯抓起一把瓜子，边嗑边听，听着听着就笑了。他忽然觉得眼前的几人特别可爱，虽然他们的理解与自己的想法有着天壤之别。但这又有什么关系呢。

“孙老师，咱们开始第一场戏吧？”

“好！开始！”孙闯闯把手里的瓜子皮扔进垃圾桶，起身。

他又说：“其实你们说得都对，刚才的激烈讨论让我特别感动。真的，我要感谢你们。”

“别煽情了。我已经准备好了，已经进入到人物的悲伤情绪中了。”费主席说。

在剧中，冯煜饰演现实版的孙闯闯，小芒饰演孙闯闯的搭档。原本计划让斑马乐队三人跑过场，但目前来看，需要另找演员。

剧本大致内容如下：炎雅伦的去世震惊了全国，关于她的消息连续刷屏了一个星期。并且纷纷传来有人因悲伤过度，而轻生的消息。孙闯闯带着搭档及一名炎雅伦的粉丝去“寻找炎雅伦”。他们会采访炎雅伦的母亲，从她的童年时代开始谈起。将她所有的人生的转折点或是“第一次”记录在影片中。炎雅伦在整部影片中会出现三次，都以短视频的形式呈现。这三段短视频分别是演唱会的后台和现场的情形、炎雅伦家中的聚会以及她自己的一段关于新专辑的解说，那张新专辑是她此生最后一张专辑，是评弹和爵士乐的混搭。这些都是炎雅伦生前，孙闯闯为她录制的。

## 尾声

在孙闯闯和费主席等人忙于拍摄的这些日子里，邓科消失了，消失得如此彻底，就像是从未出现过一样。孙闯闯有点儿恍惚，怀疑自己是否真的认识过一个叫邓科的人。

一个月后，孙闯闯的剧组算是杀青了。又过了半个月，冯煜负责找的剪辑师将成片交活儿了。剪辑师与冯煜关系要好，没收钱。费主席开始了后续工作——准备将影片拿到多伦多电影节参展，他说“那边”有熟人，这事儿肯定没问题。按费主席的意思，只要影片和孙闯闯能在这种国际影展上蹚过一圈，最好再能得个奖，哪怕是入围也行，身价就不同凡响了。但这事儿，半年过去了，仍是杳无音信。就连费主席也很少再见到了，即便孙闯闯堵到他家门口，也是大门紧闭。影片参展的事儿没人再提起，孙闯闯并没有怪费主席，不埋怨任何人。孙闯闯也无所谓了。准确地说，他对任何事儿都无所谓了。三十八岁的生日，他和冯煜一起去了泰国帕岸岛，而费主席从此就这样不见了。帕岸岛上每逢月圆之际都会在沙滩上举行“满月”派对——一群世界各地的年轻背包客会聚于此狂欢。他们都是一群长得很漂亮的年轻人，他们阳光、热情、奔放。孙闯闯喜欢这儿，也喜欢这帮年轻人。孙闯闯和冯煜两人躺在了繁星下的海滩上，冯煜说起了参展的事儿。孙闯闯说：“其实主席没必要躲起来，我知道参展的事儿不好弄，即使弄不成，朋友还是可以做的。”冯煜犹豫了片刻说：“我不想再瞒你了，其实他自己拿着片子去影展了……”孙闯闯半天没说出话来，海浪声此起彼伏，十分吵闹。不知道过了多长时间，孙闯闯说：“聊点儿别的吧。”冯煜又问孙闯闯：“以后准备干点儿什么？还继续写吗？”孙闯闯说：“写还是得写，不然也不知道自己能干嘛。可能继续写乐评，写歌词，或是没准还会再写一个剧本。”

冯煜过了许久又说：“你别恨他。”

孙闯闯说：“尽量吧。”

回京之后，孙闯闯突然在网上看到了一条关于新片发布会的新闻。该影片的剧情与《寻找炎雅伦》的如出一辙，新闻快照中，邓科站在靠边的位置，与女演员和导演一起剪彩。邓科笑得是如此灿烂，如此的发自肺腑。该片的名字叫《鸟儿人》，这鸟儿人大抵是对炎雅伦的人生总结，是个褒义词。孙闯闯以极为平和的心情关上了电脑。念叨着：月底上映，应该去看看。

今天是《鸟儿人》的首映，这一刻，他还是想起了费主席，决定去他家里，邀请他一并去观看电影首映。

即便他知道，他也许再也见不到费主席了，但仍然决定去一趟。费主席家的两道大门锁得严严实实的。他有种预感，这道门也许再不会为谁敞开了。即便如此，他还是敲了敲，门开了，是一个女的。那女人说，原先住这儿的人搬走了。

当天，他没有约任何人，孑身坐在漆黑的影院中，等待影片开始。他激动不已，影片中的炎雅伦很美，导演不知从哪里调来了很多炎雅伦珍贵的视频，这些视频他从未见过，而孙闯闯也是那些视频中的当事人。他在影院里，重温着那些再也回不去的时光，与那些再也无法见到的人。孙闯闯终于流了泪，之后便像崩塌了的水坝，一发不可收拾。他顾不得坐在他旁边的一对情侣，用力抽搐着身体。那些他以为不重要或是想通了的事儿，原来一直被他埋藏在心底，从未消失过，哪怕一瞬间。他无法再自欺欺人，委屈、愤怒、思念、妒忌和感伤等情绪，同时迸发而出……孙闯闯终于承认，这软弱的泪水，使曾经那个高傲与不可一世的他，瞬间瓦解了。他感叹着：拍得真他妈好！

电影结尾处的字幕，滚动着“制片人：邓科”几个字样，孙闯闯突然想起了邓科的一句名言——我是制片，不是人。孙闯闯嘀咕了一句："这孙子给自己的定位还真有点儿准确。"

孙闯闯离开了影院，被人群淹没得不留一丝痕迹。他陡然想起邓科，想起和邓科那一晚在通州某个烤串店里，邓科喝醉了，跑到树坑里疯狂呕吐。那个晚上，邓科聊到了自己刚来北京闯荡的事儿，诸事不顺让他很痛苦。邓科在还没喝醉时，拍着孙闯闯肩膀，说，你以后就是我哥们儿了。你一定能红，我欣赏你。别人不懂你，我懂。孙闯闯走在大街上，乐了。他已经分不出哪句是真，哪句是假。也许，至少在那一刻，邓科说的是真话，但也许全是假话。他又想，也许，从某种层面上来说，邓科其实和费主席是一类人。他们都能成功。孙闯闯哼唱着炎雅伦的《星期天的早晨》——"星期天的早上，赞美拂晓黎明，我只想忘记这苍凉岁月，在不远的身后……"循环哼唱，他把自己放在人群当中，脑子里凭空出现了一个新的故事。他阔步前行，又充满斗志，满血复活了。

# 业余玩家

# 上半部分

## 0

再过几天，鼓楼那家开了十几年的唱片店就要关门了。店里所有的唱片都打一折，有些旧点儿的CD都是论“摞”卖的。孙闯闯站在店门口，踌躇之际，忽然在地上看见了“扭曲的面孔”几个字样。他蹲在地上，把那张唱片捡了起来。这是乐队最后一次巡演的live，虽是盗版的，但老板标价很高。他欣慰地放了回去。

该去看看子夜了。

# 1

距离开跑还有一个小时。扭曲的面孔乐队三人都已经到了马拉松现场。烈日炎炎，柏油路面上的热气在蒸腾。子夜要求孙闯闯和大饼的装备都得跟上，无论跑得如何，穿得都得像专业的。到了现场，子夜很满意，确实很像那么回事。

马拉松现场十分混乱，参赛者们跃跃欲试，相互切磋着跑步要领和心得。三人排在浩浩荡荡的队伍里，领完号码牌就已经累得一身汗了。子夜说，都这么半天了，怎么也没人跟咱们合影呢？大饼从兜里掏出了三个队标贴纸，说，把这都贴胳膊上，这样别人就知道了。孙闯闯说，我不贴，太傻了。不知道的以为咱们是这乐队的粉丝呢。子夜想了想说，还是贴上吧，万一被拍到网上，对乐队也是种宣传。再说，说不定就有人认出了咱们呢？二对一，孙闯闯处于弱势，不得不从。

子夜作为乐队主唱和队长，一直在给大饼和孙闯闯做跑前的心理辅导。

“都打起精神来，一闭眼睛就完事儿了。”

“哪儿那么简单？你看看这一个个的，浑身都是腱子肉。”大饼眯缝着眼睛，一直往周围的小姑娘身上看。

“实在不行，你就盯准了一个姑娘，跟她屁股后面跑。”孙闯闯说。

这三人里面，子夜的体力是最好的。为了在台上边唱边跳，他给自己订了一个健身计划——每天晨跑五公里，除非头一天晚上喝大了。他们谁都不愿意承认自己老，但毕竟都是奔四张儿的人了，难免连蹦带唱几首就开始喘。除了子夜，他们都说他是逆生长。大饼是鼓手，浑身上下就俩胳膊最有劲儿，每次只能打三首歌。大饼爱吃宵夜，所以体重总也减不下来。坐在一堆鼓中间，存在感倒是挺强的。每次演出，演到第四首他就得休息，一般都把抒情的歌插进来，或是子夜在台上讲两句，来个抽奖环节，调节气氛。但主要都是为了让大饼休息一下他那俩胳膊。别人都说，扭曲的面孔居然还搞粉丝抽奖，这两年真是越来越流行范儿了。孙闯闯是乐队的键盘，能站着演完一场演出就不错了。演出时从来不跳，就一直站着。时间久了倒也自成了一种风格，像是机器人、死人。但乍一看还挺起范儿的，颇具电子感。但跑马拉松这事儿，真能要了他的命。

子夜来来回回地望着周围，时不时还捯饬一下头发。大饼东张西望地，一直在找那位跟他们茬架的男粉丝。

“我这儿看了半天，都没见着那孙子人影。该不会是认尿，不敢来了吧？”

“人这么多，哪儿那么容易找？再等等。”子夜说。

“说实话，我都忘了那人长什么样了。”孙闯闯说。

三人淹没在人群中，鬼鬼祟祟地东张西望。

“哎？你们说，怎么也没人找咱们签名呢？”大饼说。

孙闯闯也向四周看了看：“你看这些中老年同志，有像听摇滚乐的吗？”

“也有年轻的啊？你看这几个小姑娘，还都挺好看的。”大饼说。

“这几个一看就是傻白甜。而且，你往人家屁股上看的时候能稍微含蓄点儿吗？”

"欣赏女性之美，从来不需要含蓄。"

在孙闯闯和大饼逗贫之际，大喇叭开始广播了，说是比赛还有十分钟开始，请各位参赛者各就各位。孙闯闯心不在焉，闷闷不乐。本来苏玲儿说好今天会来的，但现在也没联系上，又不知道跑哪儿去了。爱去哪儿去哪儿吧。

比赛开始倒计时，发令枪一响，孙闯闯突然两眼一黑，天昏地暗。

一个月以前，扭曲的面孔在一个能容纳一百人的livehouse演出。据livehouse的老板说，演出的票只卖了一半。但当晚，几乎满场。一半的人是看演出的，一半人是聚在旁边喝酒泡妞儿吹牛×的。所以，这更像是一个大party，所有人都很放松，包括乐队的这三人。

前三首演完了，到了抽奖环节，子夜正要公布获奖人名单时，有一个狂热女粉丝声嘶力竭地喊着子夜的名字，另一名男粉丝就骂：傻×吧？别瞎喊。这时候子夜就在台上批评了那位男粉丝：咱们对女性还是要有起码的尊重，怎么能随便骂人呢？那位男粉丝像是喝多了，突然就急了：我看你也像傻×！大饼一下跳到子夜旁边，站在台上指着鼻子就骂那个男粉丝。俩人怒骂了一番，开始有打架的意思。

大饼："不服你上来！"

男粉丝："不服你下来！"

"你丫上来！"

"你丫下来！"

最后，谁也没上来或是下去，旁边好几个人都在拿手机录视频，并没有拉架的意思。孙闯闯和子夜都觉得很丢人。子夜突然扫了下吉他，和孙闯闯对了个眼神，开始了下一首歌。大饼指着那位男粉丝："完了你丫别走。"大饼坐了回去，抄起鼓棒一顿玩命地敲。台下又一片欢呼号叫，像什么也没发生过。这首歌比平时排练的时候更燥，主要是大饼更燥，像是要把所有的鼓都敲爆。大饼越使劲，子夜唱得就越卖力，最后都破音了。台下的粉丝也都疯狂地蹦，最后全场的人都挤到了台前，还有人跑到台上来"跳水"。但无论台上、台下怎么折腾，孙闯闯依然像个死人，没有表情地低头弹琴。他好像被一个巨大的玻璃罩子隔离了，里面是他的世界，他在自己的世界里想什么呢？

演出在后半宿结束了，子夜、大饼及livehouse老板等人一直喝到了天亮。孙闯闯演完就回家睡觉了。

第二天一早，孙闯闯被电话吵醒。是费主席。

“别睡了！我×，你们丫火了！”

“我知道我们挺火的。”

“你们上了热搜，我×……”费主席激动地不停在说感叹词。“你快拿手机看看，微博、朋友圈、抖音，都刷爆了。全是你们的视频。”

孙闯闯惊醒，想到肯定是昨晚跟粉丝骂街的事。不由得一直说：“完蛋了，完蛋了……”他后背一阵发凉。正如主席所说，真的满世界都是他们的视频。大饼在视频里骂人的样子狼狈不堪，像个汗流浃背的胖泼妇。子夜在大饼身后站着，几次试图劝架，未遂。孙闯闯在视频里的画面较少。而那位男粉丝一直都没出现。几个人在台上站着，显得特别傻。

这时候苏玲儿的电话来了，她终于出现了。

孙闯闯已经顾不上生苏玲儿的气，顿时有点儿蒙。

“你们乐队可够牛的，现在哪哪儿都是你们，这是要火起来的节奏啊！”苏玲儿直奔主题。

“这有什么可高兴的，丢人丢大发了。这么多年白干了！”

“这你不懂了吧，好多人想上热搜还上不去呢。”

“你赶紧说说你，昨天不是说来看演出吗？你这人到底有没有点儿谱？以后做不到的事儿别随便答应别人。”

“瞧给你气的，至于吗？昨天一姐们儿生孩子，特别突然，说生就生，我过去看她来着。”

苏玲儿是孙闯闯女朋友，也许苏玲儿并不这么认为，但在孙闯闯心里，她就是他女朋友。而在别人眼里，俩人也是天造地设的一对儿。他们在一起合合分分快两年了。苏玲儿是摄影师，和圈儿里这些人也都很熟。

“别生气了，我一会儿过去找你。对了，我晚上要拍你们，《音乐派对》要用，估计也是想蹭热度。”

“今天没空，我一会儿得找子夜他们去。今天还有排练呢。”

“就拍两三张，拍你们排练照片也行。”

“一张都不行！”说完孙闯闯愤怒地挂下了电话。

昨天和子夜、大饼说好了今天下午排练，但此刻俩人都处于失联状态，不知在哪儿，想必昨晚上又喝大了，并且肯定还不知道现在发生的这一切。孙闯闯坐在床边上，一直刷着手机。网上的评论有好有坏，他没仔细看，也不敢看。只是随着视频点击量的提升，那种不好的预感就越强烈，他觉得乐队要完蛋了，自己也要完蛋了。心像一块巨大的铁，无限地下沉，沉到头晕目眩、浑身无力。他要见到子夜和大饼，立刻。

下午时分，子夜和大饼纷纷醒了，看见孙闯闯的二十多通电话以及诸多条的微信，也有点儿慌。几个人迅速赶到了排练室。令孙闯闯意外的是，子夜和大饼都特别兴奋，尤其是大饼，还大声读起了网友的评论。但孙闯闯听得出来，他都是拣那些好听或略带讽刺的念。难听的话他都没念。子夜在一旁，继续刷手机。孙闯闯终于听不下去了。

“行了，别念了。我就不懂，你们怎么能这么高兴呢？这不是什么好事儿。咱得想办法把这事儿平过去。”

“怎么了，这儿还有一个特别逗的。说‘那个粉肯定特别丑，连个面都不敢露’。欸，那男的长什么样来的？我都忘了。老孙，你还记得吗？”

“不记得。”

“哎！这男的在微博@咱们了，说‘你们丫也就会打嘴炮儿，下来我一挑三都没问题。年纪一把了，还在台上嘚瑟，真难看’。”

大饼急眼了，说非要弄死他。

子夜让他冷静，大饼又说：“说什么都能忍，但这孙子说咱难看，就不能忍！”

乐队微博账号是公用的，他们仨都能随便在上面发消息。大饼立刻上了微博，给那男的回了一条：“你要约在哪儿？你约哪儿我去哪儿！”

男粉丝又立刻回了一条：“一星期后，北三环马拉松现场见！”

仨人都傻眼了，不知道这是什么路子。围观网友又嗨了，纷纷在下面留言声称要来围观。大饼还在愠气，子夜若有所思的样子，像是在盘算着一件什么大事儿。

孙闯闯站了起来。

“大饼你不觉得丢人吗？”

“等会儿，我觉得这是好事儿。咱们终于要走起来了。”子夜说的时候煞有介事，像真的就要走起来了一样。

“这么多年都没火，最后靠骂街火了。你没想过别人会怎么评价咱们吗？你们是不是觉得特别有面儿啊？”

“这事儿有这么严重吗？你别总上纲上线的。”大饼说。

“就是的，你别这么悲观，这是大好事儿。而且我觉得这马拉松得去。不管能否跑下来，咱们都得去。”

“没错，必须跟丫死磕到底。”大饼是个特别简单的人，不明白子夜在说什么。

“要去你们去。我反正肯定不去。”孙闯闯起身要走，一下被子夜拉住了。

“你等会儿，我知道你觉得这事儿特别傻，但你仔细想想，咱们乐队都组了三四年了，一直也没公司要签咱们。那种小酒吧的演出每次也没几个人听，这种日子还得过多久？反正我是觉得要熬到头了。咱们现在就要增加曝光率，再加上好好排练、好好写歌，做好充分准备等着唱片公司在网上看见咱们。我相信，是金子总会发光的。”

无论子夜怎么劝，他就是无法认同。孙闯闯有种不好的预感，而且这种预感愈加强烈。

第二天，子夜把孙闯闯和大饼聚集到排练室，就这次跑全马的事儿开了一个会。他说：

“不管跑成什么样，装备必须得专业，不能像以前演出似的，穿得稀里糊涂的。上了热搜，就意味着咱们已经被更多人知道了，而且见着那位先生，咱还得客气点儿，咱们是有素质的乐队。尤其是你，大饼，注意控制情绪，跑的时候暗地里较劲就完了。”

孙闯闯从始至终没发表什么意见。那种不好的预感时时刻刻都在伴随着他，让他心里发慌……

马拉松现场，孙闯闯当即晕了过去，被医护人员抬到了场地边上临时搭建的急救室里。醒来的时候子夜和大饼都在旁边陪着他。孙闯闯说：

“怎么样了？跑完了？”

“那孙子没来，咱们好像被玩儿了。”大饼说。

子夜在一旁抽着烟沉默着，他不再用手机上网了。他知道，一切都已经过去了。

孙闯闯把眼睛闭上了。

## 2

这件事过后，确实有几家livehouse请他们过去演出，而且演出费用也确实颇有提高，在事业上算是一个小高潮。但也仅此而已，风波过去，小高潮也迅速退潮了。他们仍是一个毫无名气的乐队，迅速被人们给遗忘了。子夜受到了严重打击，但他从来没表现出来，他坚决不能显出一副被击垮的样子，让别人笑话，让别人瞧不起。他强迫自己抑制住几近崩溃的情绪，依旧每天写歌，更新微博，喝酒应酬。就像什么事儿也没发生。别人问起，他就“嘻嘻哈哈”着打个岔就过去了。

大饼没什么感觉，就是觉得被这孙子玩儿了，特别生气。但也没什么办法，权当是在网上火了一把，也没什么损失。而孙闯闯消失了三天，他把自己关在家里，反复思考着一件事，就是他是否要离开乐队。自从这件事发生以后，他觉得子夜、大饼离自己越来越远，并不是谁变得更好了，或者更糟了，只是有什么事儿，大家不再能像以前那样，奔着一个目标使劲儿了。他觉得，如果再不离开，这么下去他就会被耗干，直到毫无气力。

这天，子夜在群里说晚上排练，大饼应和着，孙闯闯没回信。到了晚上，子夜和大饼都已经到了排练室，等了半小时，只等到了孙闯闯的电话。孙闯闯把自己要离开的事儿告诉子夜了。其实子夜也早就有心理准备，他隐隐地感觉到，孙闯闯迟早都会离开的。但他还是不愿意承认这个事实。子夜一直压抑着的情绪和孙闯闯离开的消息，彻底把他击垮了。他深深地把头低了下去，脖子后方的骨头高高凸起。大饼见子夜这副样子，停止了打鼓，坐在原地，愣愣地看着他，小声说："子夜，没事儿吧？"子夜赶紧摇摇头。

他稳了稳，说："能跟我说说为什么要退出吗？"

大饼吓着了，瞪大眼睛看子夜。

孙闯闯想了想，说："通过这次的事儿，我觉得你们应该换一个人。或许那个人能跟你们走得更远。”

“我不是特别明白你意思。”

“我是指咱们对待这件事儿的态度。算了，总而言之，我们想要的东西已经不一样了。”孙闯闯说得很抽象，也没再具体解释这“东西”到底是什么。

子夜知道，孙闯闯这是又犯病了，那股子理想主义青年的劲儿又上来了：“老孙，这样吧，先别说走。还像上次那样，我给你放个假，时间长短你来定。等你调整好了，再回来。”

孙闯闯明白子夜的意思，他是想给彼此一个台阶下。无论是一个多么不起眼的乐队，乐队成员离开都不是一件小事儿。如果此刻子夜同意，那么他们彼此之间的情分也就到头了。孙闯闯顺势答应了。这样也好，也好，孙闯闯想着。

下午，孙闯闯躺在沙发上，看着天花板上费主席的画——女人裸露着上半身，下半身是曼陀罗，花瓣肆意延伸到了墙壁上。孙闯闯的思绪就像这花瓣，没有头绪地肆意飘散。他前妻在四年前搬走了，因为这画，前妻跟他吵了好几次，但也无济于事。那几次吵架的情景，突然历历在目。前妻嚷嚷一句，孙闯闯就接一句。他两只耳朵“嗡嗡”作响，像是幻听。不知过了多久，他缓过神来，屋里寂静得让他坐立不安，忽然间又发现自己有种要哭的冲动。这是他离开乐队的第十六个小时。自己真的要离开了吗？一切都是那么虚幻。外面的阳光、和前妻刚刚的争执、马拉松、上热搜、退出乐队……他闭上眼睛，决定再去睡一会儿。

在梦里，苏玲儿和他在一艘去往印度的船上，他们俩在摇摇晃晃的甲板上发了疯似的跳舞，莫名地特别开心。突然一个浪花拍在了孙闯闯的脸上，他惊醒，蒙蒙眬眬地发现苏玲儿真的就在眼前。她把一双冰凉的手糊在了孙闯闯的脸上。

“吓我一跳，你怎么来了？”孙闯闯使劲儿揉了揉眼睛，打了一个哈欠又说：“神出鬼没。”

“我怎么不能来？”苏玲儿一下躺在了孙闯闯怀里，俩人抱在了一起，顺势折腾一番。

事后，苏玲儿说：“我怎么觉得你今天状态不太对劲儿呢？”

“我离开乐队了。”孙闯闯漫不经心地说。

苏玲儿“腾”地坐了起来，一副惊呆了的表情：“你说真的呢？”

“真的。”

“这么大的事儿，怎么没跟我商量呢？”

“你来无影、去无踪的，你跟我商量了吗？”

“我天天给人家拍片，都是干正经事儿呢。现在说你呢，你为什么要离开？子夜同意了？”

“就是道不同不相为谋呗，子夜算是同意了吧。原话是要给放个无限长的假期。”

“那还有缓儿。你都不知道，未来乐队的日子会越来越好。你可别任性，歇几天赶紧回去。我真挺看好你们乐队的，肯定能红。”

“是吗？那你预测一下，咱俩未来会怎么着？”

“咱俩应该会结婚，并且有很多孩子。”

“你喜欢孩子？”

“不喜欢，随便那么一说。”

孙闯闯看着天花板上半裸的曼陀罗女人，突然觉得此时此刻的场景和心情似曾相识。他前妻似乎也跟他说过类似的话。外面突然电闪雷鸣，下起雨来。夏天的雨总是这么的不同凡响，来得快，去得也快。孙闯闯看了看表，此刻是晚上九点了，离开乐队已经一天了。他突然很低落，他不知道没了他的乐队会变成什么样。他不敢问子夜未来有什么打算。他觉得自己特别浑蛋。孙闯闯用力抱着苏玲儿，苏玲儿憋得快喘不过气来了。

“你千万不能再离开我了。你要是不在，我该怎么办？”

苏玲儿听完这话，立马就厌了。无论孙闯闯说的是真是假，她都要立刻离开他。孙闯闯抱着苏玲儿不知不觉睡着了。苏玲儿小心起身，久久地看着睡着了的孙闯闯，给他写了一张字条：我这人没什么安全感，也给不了你安全感。不是有一句话叫 “他人即地狱”吗？我觉得我自己就是那个地狱，我总想让身体的那个怪物出来，出来跟我聊聊。我不想再耽误你时间了，咱俩还是算了吧。

等孙闯闯再醒来的时候，苏玲儿已经走了。孙闯闯这次没太伤心，只是觉得自己很失败。他已经受够了苏玲儿动不动的“失踪”，分了也好。至于乐队，他觉得自己对不起子夜和大饼，但如果继续待在乐队里，他将会变成一个只会弹琴的工具或是摆设。最坏的结果就是到最后连子夜和大饼都会嫌弃他，直到被乐队开除。一想到这儿，他觉得还不如去死。主动退出是最好的方法，但此时此刻，除了逃避，他不知道应该做什么。离开一段时间，让自己忘了苏玲儿，忘了乐队，忘了子夜和大饼，也许是最好的选择。

孙闯闯立即收拾行李，随便捡了几件衣服塞到包里，直接去了火车站。本来想去成都，可当天的票都卖没了，只好买了张去天津的车票。上了火车他给费主席发了一个信息：我出门几天，家里的金鱼隔三岔五地帮我喂一下，钥匙藏在门口自行车车筐里了。还有，我离开乐队了……

## 3

子夜上一次给孙闯闯无限期的假，是因为苏玲儿。

苏玲儿是个摄影师，而且相当的著名。她拍过很多有名的作家、艺术家和做音乐的人。音乐杂志上，几乎每期都有她拍的照片。但苏玲儿并不是很在意名气之类的事，她喜欢在这个圈子里混，也喜欢拍照，喜欢摇滚乐。苏玲儿比孙闯闯大一岁。在她二十岁出头时，就喜欢摄影。由于工作原因，她年轻时结识了一个当年很火的乐队主唱，没过多久俩人就在一起了。后来，她就进入了这个圈子。再后来，她就认识了孙闯闯。

苏玲儿是那种跟男人上完床，就当这事儿没发生过一样。孙闯闯那会儿觉得跟苏玲儿上过几次床，她就是属于自己的了，但恰恰相反。他越来越不了解她了。苏玲儿从没跟他讲过关于自己家里的事儿，但话里话外的，他总觉得苏玲儿的父母已经不在世了。一个人漂泊了这么多年，她倒是习惯了。

孙闯闯不能没有苏玲儿，她总是给他讲一些离奇的故事。这些故事有的是她从盗版书里看的，也有的是听别人讲的，也有的是自己瞎编的。孙闯闯曾经说："我真想把你脑袋打开看看，里面还装了什么稀奇古怪的想法。"苏玲儿讲什么孙闯闯都爱听，她讲故事时，绘声绘色，学谁像谁。孙闯闯说，你应该去当演员，但苏玲儿说，我一面对镜头就害怕，所以从来不拍自己也不让别人拍。孙闯闯觉得苏玲儿讲话的表情和语调都是那么美。她就是孙闯闯的创作源泉，是他的天仙，是他的一切。没了苏玲儿，孙闯闯什么都干不了。

他们是在一个livehouse门口的面馆认识的。那时候是冬天，夜里看完演出都饥肠辘辘的。俩人因面结了缘。后来知道，苏玲儿是一个摄影师，尤其喜欢拍人。她说她很早以前就知道扭曲的面孔乐队了，最喜欢的是子夜，嗓子简直太好了。孙闯闯点点头，同意苏玲儿的看法。苏玲儿当时对孙闯闯特别客气，说特别想拍他们乐队，不知道是否有机会。孙闯闯的自卑是与生俱来的，再加上自己的乐队也没什么名气。当苏玲儿提出要拍他们乐队的时候，孙闯闯一下就把头不自觉地低了下去，使劲儿吃面。他边吃边说："什么时候都行。"

刚认识没多久，苏玲儿就成功地把扭曲的面孔给拍了。但苏玲儿那会儿主要是奔着子夜去的。照片上，孙闯闯永远都低着个脑袋，显得特别颓丧。而子夜和大饼就显得特别投入和自信。孙闯闯羡慕子夜的自信，但就是学不来。

孙闯闯家在鼓楼西大街的一处平房里，苏玲儿喜欢在那儿拍照，孙闯闯就带着苏玲儿七拐八拐在小胡同里转悠着。

苏玲儿：“你家到底在哪儿啊？跟迷宫似的。”

孙闯闯：“就这一条道，往死里走就到了。”

又拐了一个弯儿，孙闯闯指着斜对面的房子说：“就这儿，记住了吗？”

“记住了。”

之后苏玲儿又来了几次他家附近拍照，就这样，俩人就好上了。刚好的那几天，俩人如胶似漆，去哪儿都一起去。孙闯闯陪着苏玲儿拍照，苏玲儿陪着他去排练。可是没过几个星期，苏玲儿就受不了了。她突然说，“咱们这样不行，咱俩还是得分开住。我现在拍照已经没感觉了。我需要空间。”就这样，苏玲儿的行踪开始飘忽不定。起初，孙闯闯完全尊重她的选择，尽量不去过问她的事。可到后来，他就绷不住了，每天都要给她打无数个电话问她在哪儿。

“你在哪儿呢？跟谁在一起？”

"这跟你有什么关系呀？"

"我就是想知道。"

"在外面呢，和朋友一起。"

"我去找你。"

"不太方便，全是男的。"

"好吧。"

沉默了半晌，孙闯闯觉得他应该再说点儿什么。

"是不是我说什么你都信？"苏玲儿又说。

"嗯。"

"为什么？"

"我没什么可值得骗的。"

"你是大傻子吧？"

苏玲儿像是笑了一声，挂了电话。孙闯闯不知道她是什么意思。反正她说什么孙闯闯都愿意相信。

苏玲儿消失的那一年，孙闯闯像个精神病一样，一星期不出门，或是一星期都在外面飘着，连家都不回，夜里泡完吧，直接去费主席家里住。或是花200块钱给大饼，让他介绍姑娘。那一阵，大饼也被孙闯闯差点儿逼疯了。给他介绍所有的姑娘他都不满意，有一次还差点儿跟一个姑娘打起来。弄得大饼也挺尴尬的。但孙闯闯依然不罢休，继续让大饼给他介绍姑娘认识。大饼说，我这儿真没了。孙闯闯说，我给你加钱。大饼说，你给我两千我都给你找不着。

苏玲儿偶尔会更新博客，在网上发一些新拍的照片。她的行踪不定，照片和时间对不上，很混乱、很随机。有时会发一些在缅甸的照片，有路人，也有她自己。孙闯闯想，这是谁给她拍的呢？镜头里充满着暧昧。她有时候也会发一些旧照片，照片上的人很多都是熟悉的面孔，其中就有他自己。看到那些成了名的面孔，孙闯闯就会想，你是不是又跟他们睡了？她有时候又发在俄罗斯、内蒙古、成都、印度还有不知道是哪儿的小城镇的照片。

苏玲儿偶尔也会在网上发一些她写的小说，或是诗歌。

有一次苏玲儿发表了一篇小说，里面有孙闯闯的影子。他看了好几遍，越看越觉得写的就是自己。

苏玲儿，你到底在哪儿呢？

苏玲儿，我想你了。

她消失的那段时间，孙闯闯总找费主席喝酒。费主席告诉他，苏玲儿恐怕是一个永远都不会受伤的人，她把自己保护得太好了。但孙闯闯还是很难过，说自己就能保护她。费主席说，你拿什么保护她？孙闯闯说，他会努力写歌，努力做音乐。费主席一听就笑了，笑得前仰后合。

子夜叫孙闯闯去排练，他说状态不好，要休假。子夜问他什么时候能调整好，他说，不知道，我要无限期地休假。那一阵子，子夜和大饼也很无奈，想重新找个键盘手，但又没有合适的人。满大街都是键盘手，可合适的人就是找不着。别人都以为他们乐队解散了。

没过多久，孙闯闯彻底消失了，谁也找不到他。

又过了很长时间，他回来了。他去了趟印度的Gowa海滩。这个漫长的假期总算结束了。

## 4

“热搜”事件虽然过去了，但也不是完全没有响动。最近的确有几家唱片公司给子夜打了电话，但这几家公司不是闻所未闻，就是野鸡公司，要不就是有特别瞧不上眼的乐队在旗下。直到早上迷乐公司打来了邀请电话。子夜相当兴奋，立即联系了孙闯闯和大饼。这是孙闯闯离开北京的第三十五天。孙闯闯接了电话，电话中声音很嘈杂，偶尔还有鸣笛声，这鸣笛声特别像火车的声音。想必还在外面飘着呢。子夜问他在哪儿呢，什么时候能回来？孙闯闯那一头的信号不好，有一句没一句地大声嚷着。其大意是他也不确定。子夜给孙闯闯发了一条信息：速速回京，迷乐公司要签咱们了。孙闯闯没回信，不知道是信号不好，还是不想回。子夜又发了一个很长、发自肺腑的信息，让他赶紧回来，他们需要他。

大饼跟子夜相约，一个小时后到排练室。俩人见面后只是不停地抽烟，接下来该怎么办，两人都不知所措。对于三缺一的他们来说，接到迷乐公司的电话或许是个坏消息。子夜和大饼都有种预感，孙闯闯可能不会再回来了，但谁也没有说出来，谁也不敢说出来。子夜感受到了前所未有的绝望，他对大饼说：

“我愿意付出我的一切换回老孙。如果他能回来，我一定死死地抱住他，什么都听他的。”

“别这么想，又不是没了他咱就玩不转了。”大饼有点儿生气。

过了许久，子夜说：

“你不懂。”

排练室里乌烟瘴气，墙上贴的海报和他们演出时的照片变得很朦胧。俩人躺在沙发上，像是在等死。这时候，门开了，是苏玲儿。子夜使劲儿看了半天，一下从沙发里弹了起来，像是见着亲人般。

苏玲儿捂着鼻子：

“还以为你们这儿着火了，这是抽了多少烟？”

“你知道老孙在哪儿呢吗？”子夜着急忙慌地问。

“我不知道啊，还想问你们呢。”苏玲儿捂着鼻子，把门敞开散着烟味，并试图找出一个落脚处。

子夜一下又蔫儿了：“那你干吗来了？”

“你这是什么态度？我刚在附近拍完片，就说过来找你们待会儿。”

“那你随便坐吧。”子夜又说。

“怎么了？为何如此消极？听说迷乐公司要签你们了。”

“消息还挺灵通的。”大饼说。

“那必须的。”

“你有这跟我们聊天的工夫，能不能把老孙给弄回来？”子夜说。

“他跟我没关系了。”苏玲儿说。

“什么叫没关系，他走了不都是因为你？”子夜试图把锅甩在苏玲儿身上。

“你可真逗。你们真不知道老孙走是因为什么吗？”

屋里突然安静了。子夜和大饼都不再抽烟，期待着苏玲儿接下来的话。

“他是对你们太失望，不想玩儿了。”

“你这是什么意思？”大饼刚稳定下去的情绪，又高涨起来。

“就是我字面的意思。你们自己体会体会。劝你们赶紧再找人吧。”

说完，苏玲儿摔门就走了。大饼气急败坏地想追上去，被子夜拉住了。

苏玲儿带着一身的烟味儿跑出了排练室，随便朝着一个方向走，边走边哭，哭得一发不可收拾。孙闯闯到底是为什么走，真的跟自己一点关系也没有吗？她也说不清楚。只是此时此刻，她很想孙闯闯，特别地想。

然而，此时此刻的孙闯闯正坐在前往大理的绿皮火车上。五点到大理，看完梭子乐队的演出，再与他们吃一顿火锅，喝点儿酒。他心里什么都没想，毫无牵挂，一直望着不断向后的风景。子夜、大饼、苏玲儿和费主席，这些人他好像全都忘记了。孙闯闯觉得此刻自己是在一条飞驰的绿色巨蟒的腹中，特别安心。他靠在窗户边上，睡着了。

到了大理已经晚上了，看了看时间，这个点儿直接赶到梭子演出的livehouse那儿，正好。此刻livehouse已经挤满了人。一百张票很快一扫而空，最后老板一高兴，就让所有粉丝能挤的都挤进来。孙闯闯越过了重重人群，挤到了休息区，见着乐队的四个人，特别高兴。没多久，孙闯闯就把自己喝大发了。经纪人一直拦着他们别喝多了，但梭子主唱见着孙闯闯也是很兴奋，以至于无法控制自己了。最后，临上台，乐队几个人喝得迷迷糊糊，但反倒在台上的效果特别好。下面的粉丝全炸了锅。孙闯闯喝多了，又加上一天的奔波，直接在后台休息区的沙发上睡着了，睡到不省人事。再睁眼时，是演出结束后了。十一点左右，乐队四人又把他围上了。

孙闯闯醒了酒，几人又转场去了另一个能坐下来聊天的地方。

大理是孙闯闯这趟无目的旅行的最后一站，梭子乐队也是他最后见的一拨儿人。他自己其实没什么计划，只是觉得是时候回家了。他将在外漂泊的这段时间称为太空旅行，在一个自己设定的虚无世界里肆意飘荡。临出发前，他认为自己可以思考或是想清楚一些事情，又或许可以将自己前段混乱无序的生活，梳理一通，但最后发现，事情远不是他想象的那样。这只不过是一场毫无意义的逃离。

孙闯闯第二天醒过来的时候，发现子夜给他打了无数个电话，孙闯闯知道子夜找他无非就是再说一次迷乐公司要签约的事儿。这么拖下去也不是办法，只好给子夜打了回去。

“总算找着你了，现在有一个特别紧急的事儿，你可仔细听好了。迷乐公司要签咱们了，以前你怎么任性都行，可这次你得认真一点儿。”子夜说。

“嗯……”孙闯闯发出了一个沉闷的声音。其实昨天在火车上，子夜的那通电话，孙闯闯听清楚了，只是他不知道自己该怎么办。这不就是机会吗？乐队一直等待的机会，可是这个算是自己的机会吗？他犹豫了。

“我也不知道。我跟你说了，我现在特别拧巴，就是怎么着都不行。我得再需要点儿时间调整。”孙闯闯说。

“老孙，你都调整一个多月了。我不知道还要等你多久。我也……”

“你也不想等了吧？”孙闯闯打断了子夜的话。

子夜停了片刻。

“你犹豫了？”孙闯闯又说。

“没有，我不是这个意思。现在没有时间让你犹豫了，一切都准备就绪了，终于有公司要签咱们了。咱们等了这么长时间，机会终于来了，我不想就这么放弃。”

“子夜，我想这就是咱俩最大的不同。你的目标，你在追求的东西都很明确。现在，你终于等到这个机会了，我为你高兴。但，你知道吗，在我离开的这段时间里，我一直在想，我做音乐到底是为什么？可我越来越迷茫，有时候觉得音乐是我生活的一部分，也是我身体结构的一部分。写歌、听歌是一个特别理所应该、顺其自然的事儿。我压根就不想让公司签，有公司要签，我一点儿都不高兴。写歌、发专辑、巡演，我讨厌这些事儿。还有，我必须要告诉你，那次马拉松之后，我就突然有种感觉，咱们早晚会分开。”

子夜有点蒙，半天没说出话来。

“我怎么没太明白你意思呢？你在等什么？你玩乐

队是为什么？跟我们耗这么长时间又是为什么？你是觉得做音乐自娱自乐最有劲呗？”子夜说。

“我也不知道我要干吗。”

“我再问你一遍，你已经决定要离开了吗？”

“是。”

“那我再跟你说点儿明确的吧，直到现在外人都不知道你走了的事儿。迷乐公司也是冲着咱们仨要签约的。乐队要是换了人，我不知道人家还愿意不愿意签。所以，看在这么多年情谊的份上，你先回来，咱仨先把约签了。回头你再找个理由，跟公司好好说说，你看行吗？”

孙闯闯冷笑了一下，想了想：“子夜，我挺佩服你的。不管什么时候，都能这么冷静和理性。”

“所以你是答应了吗？”子夜没心情听孙闯闯对他的人格总结，他迫不及待地想知道孙闯闯的答复。

“第一，咱不能骗人家。第二，这属于违约。”孙闯闯又说。

“一切后果，我担着。”子夜信誓旦旦地说。

“行，可以。我今天就回去，晚上到北京，明天就能跟你们去签。”

孙闯闯挂了电话，坐在小旅馆的床边上。或许这也算是对子夜和大饼的一种补偿吧，签完约，我们也算是两不相欠了。这样挺好。

在外飘着的一个多月，苏玲儿似乎已经淡出了孙闯闯的生活。可当火车刚一进到北京站的时候，苏玲儿好像一下子又回来了。他努力克制着自己不去想她。

孙闯闯翻了一圈联系人，给费主席打了过去，告诉他自己回京的消息。费主席这一个月把自己藏在了工作室里，犹如自我隔离般地涂涂画画，眼睛越发干涩。得知老孙回京，立马放下了手里的颜料，换了身干净衣服出了门。外面虽然天有些阴和霾，但对于不怎么出门的他来说，这含蓄的阳光足以让他睁不开眼了。他边走边咳嗽，丙烯的气味让他气管和喉咙干涩，他走起路来，真像一个病入膏肓的人。

费主席赶到孙闯闯家里的时候，孙闯闯正好洗完澡，香气扑鼻，他见着费主席就说：“你丫也太臭了，这几天没洗澡吗？”

“也没几天。”费主席顺势走到冰箱前，翻着里面的吃的，可孙闯闯离家一个月了，冰箱里除了几听啤酒，空无一物。费主席又把冰箱门关上了。费主席肠胃不好，从来不敢喝冰啤酒。

“你可真行，给我留了个字条儿就走了。”费主席说。

“前段时间状态特别差。”

“你真决定离开乐队了？”

“之前本来还挺犹豫的，但你知道子夜这孙子昨天跟我说什么吗？”

“什么？”

“他说，迷乐公司要签乐队。但对方不知道我要走的事，所以子夜告诉我，要走也得假装跟他们一起把约签了，回头再走。”

“这能行吗？这不是骗人呢吗？”

“谁知道呢，子夜说他回头给我找个理由。”

“你答应了？”

“答应了，就算是我对子夜的补偿吧。我离开乐队也确实挺自私的，没想过他们未来会怎么办。但我真的待不下去了，我是彻底看透子夜了。”

“也没什么的，人各有志。”

三伏天，费主席手里捧着一杯温热的茶，呼呼冒汗。他皱着眉头，捧着杯茶不知道在想什么。过了老半天，孙闯闯都要忘了这个话题，费主席突然说："子夜让我想起了一个人。"他两只眼睛直勾勾地盯着地面，似乎魂儿已经飘走了。

"谁啊？"

"邓科。"

"邓科是谁啊？"

"一个制片人，做电影的，之前坑过我一朋友。那人也是，头脑特别清晰，有原则，没底线。他的名言就是，我是制片，不是人。"

孙闯闯瞪大了眼睛，听得津津有味，迫不及待地想知道这人后来怎么了。

"这人现在挺牛的，做了好几个电影。之前上映的《鸟儿人》就是他拍的。你知道那电影吧？拍炎雅伦的那个。"

"废话，我看了两遍，痛哭流涕的，拍得真好，但那电影的气质跟你说的这个邓科，明显不符啊？"

"后面的事儿深了，邓科抢了别人的本子。"

“这还叫有原则？我看是没原则、没底线。”

“人家怎么没原则了，人家就本着挣钱、成功、票房大卖的原则。人家的原则只不过跟你的不一样罢了。”

“你还挺向着他说话，一口一个‘人家’的。”孙闯闯略显不高兴，费主席也半天没说话，茶已经不烫了，但还是一口口抿着喝。

“所以我说啊，子夜这人野心挺大的，以后没准真能成事儿。我劝你再好好想想退出乐队的事儿。”

“子夜跟他可不是一回事儿。况且子夜都在圈子里混多少年了，也没见他成事儿呢。”

“那是时机未到。”

“我觉得不是，他们根本不是一路人。”

“也是，你这一人吃饱全家不饿的，家又是北京的，没什么经济压力。这么混着吧。”费主席说完，把手里没喝完的茶放到了桌子上，“我回去了，明天得交活儿。”

费主席走后，他一直琢磨着邓科这人，他觉得有点儿意思。《鸟儿人》这电影他看了不止两遍，炎雅伦他认识。不只是认识，她曾经落魄那会儿飘在北京，住过孙闯闯家里，掏心掏肺地聊过几个晚上。没过多久，炎雅伦就自杀了。他总觉得邓科跟自己、跟炎雅伦有着点儿说不清的联系。但邓科是抢了别人的本子，抢了谁的本子呢，这就无从知晓了。

这时候，子夜给他打了电话，说明天过去迷乐公司签约，穿得尽量体面点儿。电话中，子夜的语气很冷静，把事情清楚地交代后，就挂了电话。孙闯闯答应了。挂了电话，孙闯闯心里凉凉的。

## 5

迷乐公司在一个创业园区里，很好找。三人都按照时间，集合到了公司门口。子夜穿了那套Gaga设计的衣服。Gaga以前是一个朋克乐队的女主唱，后来朋克没什么市场，就改做时装设计了。她主要是做乐队的演出服，好多有名乐队演出时候都穿过，从而在音乐圈和设计圈一举成名。随后，她又开始设计日常着装，当然了，也都极为古怪，长得没型儿的人就穿不了她的衣服。Gaga设计的衣服品牌，价位也颇接近于世界二流的奢侈品品牌。去年，子夜就斥巨资买了Gaga的衣服，孙闯闯和大饼当时还劝了半天，最后也没拦住。后来才知道，子夜是看上Gaga了！

孙闯闯和大饼看着子夜的衣服，往事历历在目。大饼本想开子夜几句玩笑，但看老孙和子夜都一脸凝重，也就憋回去了。子夜穿着这身衣服站在公司门口，特别起范儿，像成名已久的巨星。

“进去吧，老孙，到时候你就别说话了。”子夜说完，带头先进去了。

孙闯闯先是使劲儿点了下头，然后跟在他后面，双手插兜。他看着子夜颇具歌星范儿的背影，越琢磨觉得越有意思。子夜真的是邓科那种人吗？希望不是，不然我一定会跟他决裂的。他一边琢磨着，一边不自觉地轻轻点头。他想：这还是当初认识的子夜吗？

迷乐公司的老板叫杨一帆，别人都管他叫杨队。因为他曾经带过一队人马从北京骑摩托去大理。其实也没多远的距离，与那些动辄就骑摩托去西藏的人没法比，但这些人毕竟不是冒险家，对于这些奔六张儿的搞音乐的人来说，已经不简单了。当时闹得沸沸扬扬的，后来大家就都管他叫杨队了。杨队是个性情中人，办事讲究，人也义气，但这人不太会经营自己。一把年纪了，还动辄就来个“说走就走的旅行”，同时也少了点儿对音乐的灵气和才气。或许这就是为何做了一辈子音乐，如今还没混成功的原因。

杨队没什么架子，看见了他们三个后特别兴奋。一直在聊上次马拉松的事儿，又问子夜的衣服哪儿买的。东聊西聊，也没说到签约的事儿。大饼跟杨队聊得热火朝天，子夜一直端着个架子，看着就累。孙闯闯不怎么说话，一直观察着子夜和杨队。

聊了一个半钟头，杨队突然说：“行，今天聊得挺高兴的。你们去找歪歪签合同吧，我这人签乐队吧，主要看性格能不能合得来。我觉得你们不错，你们这仨人搭配得也好。条款合同都写着呢，要是有什么不同意的，咱们再谈。合同都是模板，其他乐队也都是这么签的。我要出去一下。我定制的摩托车头盔到了。”

杨队拍了下子夜的肩膀，就走了。留着仨人还在办公室。

“嘿，这人真有意思。”大饼说。

“你去找歪歪。”子夜跟大饼说。

大饼站起来去了公司的公共区域，喊了一声：“谁是歪歪啊？杨队让我们来签合同！”

孙闯闯还是坐着，低着头，看合同。看到违约金一百万时，心里不由得紧了一下。他一直琢磨着杨队这人。他看着挺实在，如果让他发现事情的真相，他会打官司告我们吗？到时候真让赔这钱，可怎么办？孙闯闯突然又想起了昨天费主席的话，想着邓科和子夜。

子夜把合同拿回了家，说是要仔细看看。事后，三人出了公司。大饼说：“咱们要不要一起吃个饭？”

“什么饭？是庆祝成功签约了，还是吃个散伙饭？”子夜说。

“老孙，你真要走？”大饼说。

孙闯闯没说话。

“我还有点儿事儿，先走了。”子夜顺势挥了一下手，拦了辆出租，走了。

“对了，你走了的这段时间，苏玲儿来过排练室一次。”大饼说。

孙闯闯这些日子尽量不去想苏玲儿，把关于她的一切都抛在脑后。努力没白费，当大饼提起苏玲儿的时候，他没什么过多的感觉。

“你不在那会儿，子夜状态特别不好。我们也没什么心气排歌。子夜就跟苏玲儿戗了几句，弄得大家都挺不高兴的。”

孙闯闯一直听着，说了半天好像也没什么重点，他有点儿不耐烦了，准备要走。

“那天苏玲儿说，是你不想玩了，是吗？”大饼又说。

“嗯。”

“你打定的主意，向来也不会改。行吧，既然决定了，那我尊重你的选择。”

“有合适的人了吗？”

“还不知道呢，但子夜好像已经开始找人了。他没跟我直说，是我猜的。有些事儿，他也不会告诉我的。”

已经在找人了？孙闯闯突然说不出话来了，头皮一阵阵发麻。这下，他的心彻底凉了。他使劲吸了一下鼻子，点了点头，又拍了下大饼的肩膀：“知道了哥们儿。我先走了。”

孙闯闯游走在大街上，脚步沉沉的。他想着，这个约算是签完了。和子夜算是两不相欠。这么多年的哥们儿情谊是不是也就此结束了？他已经在找新的键盘手了，他就这么心急吗？苏玲儿又跑到排练室里干吗呢？

孙闯闯今天算是正式离开乐队，子夜也不再想给他机会了。他今后怎么打算，自己一点儿也没想过，一直在想着刚刚大饼说的事儿。

苏玲儿的消息很灵通，又不知道是从哪儿听来的孙闯闯已经回京的消息，她立刻打了电话。

“你回来了？”苏玲儿一副若无其事的样子。

“怎么了？”

“什么时候回来的呀，也不跟我说一声。”

“我为什么要跟你说一声呀，咱俩已经没关系了。”

“还生我气呢？”

“没生气，我一点儿都不生气。这段时间，我也想明白了，你说得对，咱俩确实不合适。”

“我跟你开玩笑呢，你走这段时间，我特别想你。但知道你状态也不好，所以一直没敢给你打电话。你在哪儿呢？我去找你，咱俩见面聊。”

“算了，没这个必要。我已经离开乐队了，以后你也别总去找子夜他们了。”

说完，孙闯闯就把电话挂了。

几个小时之内，孙闯闯把曾经认为生命中除去父母以外，最重要的两个人都彻底屏蔽、删除掉了。全新的生活似乎在向他挥手。

第二天上午，子夜突然约大饼吃午饭，说新成员找到了，想让他一起去见见。大饼惊呆了，没想到子夜的动作会这么快。新的键盘手早早地就在餐厅里等着了。子夜和大饼也很准时，见他们来，键盘手赶紧站了起来，看上去很拘谨。新的键盘手向大饼自我介绍着，说自己叫陈建军，从小弹琴，已经弹了三十几年的琴了。大饼也客气地回应着，但整顿饭下来，大饼的情绪看上去不高。饭毕，子夜问大饼：“你怎么了？一直没怎么说话，你是不是觉得不行？”

“也不是……不行。你刚说他叫什么？”大饼问。

“陈建军。”

“哦，就是感觉普通了点儿，但没准人家也有别的过人的才华呢。我相信你的眼光。”

子夜不再说话了，一副失魂落魄的样子。

一个星期以后，孙闯闯离开乐队的消息，还没等子夜告诉杨队，就传到了人家的耳朵里了。消息走漏得很快，不知道是谁传出去的。网友们议论纷纷。杨队很气愤，说你们要是给不出一个合理的解释，就要按照违约处理。违约金合同上面写得很清楚。子夜一下就慌了。

虽说之前子夜信誓旦旦地说过他会承担一切后果，但事情来的时候，还是第一想到了孙闯闯。第二天，孙闯闯、子夜和大饼一起去了杨队公司。子夜非常诚恳地把事情原委告诉了杨队，孙闯闯没说话，他不知道应该说什么。但杨队仍然很气愤，又把合同拿出来，要他们赔偿违约金一百万。看来子夜和大饼都把杨队想得太简单了。

违约的事儿又把三个人凑到了一起，三个人又回到了排练室。

“这下怎么办？一百万，打死我也拿不出这么多钱来。”大饼说。

“这事儿跟你们都没关系，是我自找的。”子夜说。

“别说那没用的了。”孙闯闯说。

子夜没搭理他，独自走了出去，说想透透风。

## 6

与此同时，在雾行娱乐公司里，陈总、节目策划大飞、制片人邓科，以及五六个长得很好看的年轻人，为新的选秀节目的事儿讨论一上午了，但还是没有结论。这几个人每当聊到节目时，就总聊跑偏。扯了三个多小时的闲篇，大家都口干舌燥了。几个年轻人也都快坐不住了。

“赶紧说正经的，中午我还有饭局。”陈总说。

“其实也没什么可聊的了，这选秀节目都大同小异，规则也都差不多。”邓科说。

“大飞，你再把规则大体重复一下。丁丁，你记录。”陈总说。

“规则大体就是，请三十个乐队进行十轮比赛。逐一淘汰，最后分出前三。第一轮先淘汰五支乐队……”丁丁奋笔疾书，生怕漏下了什么。

“哎，对了！”邓科突然想起来了什么，打断了大飞的话，“听说了吗，孙闯闯单飞了。他们新键盘叫陈建军。”邓科说。

“是啊，这不前两天的事儿吗？”大飞说。

“所以，我有一主意。”邓科说。

“什么呀？”大飞说。

邓科抿着嘴，把头微微扬起，一肚子坏水地看着陈总。陈总已经隐隐约约地猜出他要说什么了。

“你快点儿说啊！”大飞有点儿等不及了。陈总也是一脸好奇地看着他。

“我觉得可以这样，咱们加一个环节。就是等到扭曲的面孔进入到前五的时候，让孙闯闯来挑战他们，如果孙闯闯赢了，那么扭曲的面孔就直接被淘汰，让孙闯闯直接进前五。”邓科说。

“那万一孙闯闯不同意呢？”大飞说。

“不同意就让别人上呗，反正想来的人多的是。”邓科说完靠在椅子上，把一只脚搭在了另一条腿的膝盖上，玩儿命地抖着。

“孙闯闯要是不来，就没必要让扭曲的面孔进前五了。”大飞说。

“咱们这节目主打的可是公平公正。”陈总瞪了一眼大飞。

“公平公正？”

“没错，所有数据都必须是真实的。作假的节目太多了，没意思。现在观众都不傻。”陈总又说。

“我觉得陈总说得对。以扭曲的面孔的实力，能否得冠军这个咱不好说，但进前五肯定没问题。”邓科赶紧附和着。

那几个年轻人面面相觑，丁丁是扭曲的面孔粉丝，也是孙闯闯的粉丝。丁丁现在瞪大了眼睛，推了推快掉下来的眼镜，用一种期待，以及求救的眼神看着陈总。丁丁是陈总公司的人，她想着，要是陈总开口否认，那她绝对也会提出反对意见的。可陈总看着邓科，过了会儿说：“行，你这主意不错。”陈总说完，并没有很高兴的样子，站起来走出了办公室，丁丁看着陈总，把头低了下去。

大飞："这点击量肯定能上去，但你说孙闯闯能同意吗？"

邓科："我觉得没问题，这帮人都等着这机会呢。实在不行就多给点儿出场费。"邓科又补上了一句："让孙闯闯做突袭嘉宾的事儿要保密，千万不能泄露出去。"

丁丁还是没抬头，一直抠着笔记本的键盘，实在不忍将这段记录在内。

"行，今天咱们就开到这儿吧，各位同事请尽快通知、联系名单上的乐队。"陈总说完，大家陆陆续续走出了办公室。

雾行公司90后的同事们，办事都很高效、很专业。正当子夜发愁怎么凑这一百万时，突然接到了雾行公司打来的电话。对方跟子夜大体了解了一下关于乐队解散和新成员陈建军的消息，又说了说节目的事情。他们聊了半个小时，对于孙闯闯的事儿都只字未提。子夜的大脑飞速运转着，突然一下就答应了参加节目的事情。子夜迫不及待地给大饼打了一个电话，说：“这下齐活儿了！半个小时后在排练室见，把陈建军也带上。”

子夜飞奔到了排练室，激动地把节目的事儿告诉了二位，说：“咱们终于有救了。这节目一定要参加。首先，这是节目组自己上门找来的，咱们要是能在节目里火一把，杨队那边就有交代了。成了名杨队也高兴，这一百万就不用赔了。”

“那万一杨队还是不依不饶呢？”大饼问。

“上了节目咱们身价就不一样了，咱们用上节目的费用和以后演出的费用慢慢还也行。”

陈建军听得一头雾水。

大饼盘算了一下，目前这是最好的办法了，不行也得行。

第二天，他们仨去了迷乐公司，杨队坐等他们的解释。子夜说了说他们的计划。杨队一脸狐疑地说：“我现在都不敢再相信你们说的话了。”

“保证是真的，人家等着我们签合同呢。不信您可以跟雾行公司的人去核实。”子夜说。

杨队还是用怀疑的眼神看着子夜。子夜赶紧又说：“我没跟雾行公司的人说我们签约了您的公司。要不然，电话可能就直接打到您这里了。”

杨队表情有点儿松懈了，子夜又说：“之前瞒着您是我们的不对，但我们也是有难言之隐。您的消息太灵通了，还没等我们解释您就知道了。放心，我们要是上了节目，一定全力以赴。”

“这是你们新找来的键盘手？”杨队上下打量着陈建军。

“对，小伙子挺有才的，关键是踏实。”

“你们跟孙闯闯到底怎么了？”杨队突然很关切地问起来。

子夜见杨队话锋一转，立即就顺着聊了下去。他把孙闯闯一切不靠谱的任性行为全都说了出来。大饼和陈建军一句话也没说。听着子夜控诉孙闯闯，大饼心里不是滋味。杨队听完子夜的话，皱着眉点了点头：“这么说，这孙闯闯换了还是对的。是吗？”

“那当然了，换他是早晚的事儿。而且他一直状态不好，也写不出什么好歌来。”

“你说得对。”杨队若有所思地点着头，“欢迎你的加入。”杨队站了起来，与陈建军握手。

子夜心脏快速而有力地跳动着，好几次都差点噎得自己说不出话来。杨队原谅了他们，但唯一的条件就是必须要进前五。他知道，只有进了前五以后的身价才能上去。子夜信心满满地答应了。这事儿就算这么过去了，一百万暂时也不用赔了。但唯独的就是，委屈了孙闯闯。

晚上，孙闯闯把自己摆成一个“大”字形，平铺在床上，脑袋里空空的，一直哼着《一无所有》。整晚，他都半梦半醒，迷迷糊糊，做了无数个梦，真真假假的自己也分不清楚。第二天早上，两侧太阳穴一蹦一蹦地跳着疼。他起来泡了一杯浓浓的普洱，试图让自己清醒一点儿。他试图回忆昨晚的梦或思考的事情，却又怎么也想不起来了。

他起身拉开窗帘，推开窗户，闷热的风袭来。今天似乎又升温了。他望着远处，想着今天应该做些什么，他要让自己忙碌起来，要忘记昨天与子夜的谈话，忘记苏玲儿，忘记乐队，要忘记曾经有关的一切。他用尽全力，继续假装把自己沉浸在一个只有音乐的真空世界中，以维持着某种莫名的愉悦。他迅速把自己洗漱干净，随便吃了点儿早餐，准备开始一天的工作。他坐在三架键盘中间，脑子里瞬间浮现出了一段欢快的旋律。没想到，今天的创作竟如此顺利。直到中午为止，他对自己的心情以及创作都十分满意。他从来没有如此这般重视过自己的心理状态，以及对其进行评价。为了维持这种莫名的快感，他丝毫不敢懈怠。中午时，他已经筋疲力尽了。

他反复听着刚才的编曲，一遍又一遍地听，情不自禁哼唱起来。他用一种极为放松的姿势摊在了椅子上，子夜、大饼、苏玲儿一股脑地又都跑出来了。他们会喜欢这首歌吗？子夜会不会觉得太流行了？大饼的鼓怎么配上？他顿了顿，忽然觉得应该与子夜和好，昨天的那场对话子夜或许已经忘记了。我不能没有子夜和大饼，我们要永远在一起！我们已经被公司签了，未来的道路是光明的。那首他刚刚做完的曲子一直循环播放，再一遍地确认，这真的会成为扭曲的面孔成立以来，做过的最棒的一首歌。我们真的会一举成名，是那种真正意义上的成名。我们必须和好，就像当年那样。

孙闯闯越想越激动，他双手甚至略有发抖，拿起了手机准备给子夜打电话。可就在此刻，微博突然蹦出了一条消息，是关于扭曲的面孔乐队的。他迫不及待地点进去看——扭曲的面孔乐队已被迷乐公司签约，与此同时，主唱子夜宣布，键盘手孙闯闯正式退出乐队，单飞。键盘手陈建军将加入乐队……

这时，孙闯闯的电话响了，是大饼。他把昨天和今天发生的事儿一一告诉了孙闯闯。孙闯闯没想到仅仅两天，居然发生了这么多事儿。孙闯闯说，挺好的。这下也不用赔钱了，你们也找到合适的人了。挺好的……

我们的友情是虚假的，
我们的爱情是虚假的，
我们的努力是虚假的，
那个为之奋斗和不顾一切的东西是虚假的，
我之所以称之为是“东西”，

是因为我连它具体是什么，
都不知道，
一切都是虚假的。

当孙闯闯把这些写在纸上后，又看了几遍。音响里循环放着前些天写好的歌，他一边看着，一边哼唱了出来。他把自己关在房间里，音乐满屋，遮盖住了一切。他仔细认真地将词填写进旋律中。反复修改，但怎么都觉得有点儿别扭。他靠在椅背上，心里仍是像有堵不透风的墙。他想着，我该恨子夜吗？

## 下半部分

### 1

丁丁一直在想，自己是否要去跟陈总再聊一下关于孙闯闯“突袭”的规则。自己在公司里毕竟三四年了，算是个元老，和陈总一起也做了五六个项目了，况且陈总也是扭曲的面孔粉丝。扭曲的面孔不是什么有名的乐队，如果不是陈总喜欢，他们也进不了这个节目。但让孙闯闯去“突袭”自己来挣收视率，手段未免也太下三烂了。但自己毕竟不是什么领导，对于陈总已经决定的事儿，自己当然是没什么资格再去质疑或反驳。

下午，陈总回了公司，丁丁踟蹰半天，还是敲了陈总办公室的门。

“陈总，您现在忙吗？”丁丁说。

“进来吧。”

丁丁进了办公室，又突然觉得不知道怎么开口。

“陈总，我想再跟您商量一下关于孙闯闯‘突袭’的事儿。”

“你说。”陈总面无表情地说。

“我觉得这……是不是不太好呢？”

“哪里不好了？”

“就是觉得……有点儿太不厚道了。”

“忘了我之前怎么跟你们说的了？一切以节目点击量为主，其他的都不要说了。”

丁丁知道再说就是自讨没趣，刚要走出办公室，又被陈总叫住了：“孙闯闯我来联系他。名单上的乐队，还有其余几个‘突袭’嘉宾，你们尽快联系。还有，‘突袭’嘉宾要保密，不能让参赛乐队知道。最后一个事情，节目海报现在就要开始找人设计了。”

“还找费主席吗？”丁丁问。

“行，就他吧。”陈总回答。

丁丁答应后，出了门。

孙闯闯把自己关在家里快半个月，这期间他做了三首歌。自己觉得还算满意，休息的时候不是睡觉就是看几部老电影。前几天，苏玲儿来过两次电话，孙闯闯都没接，后来就没再打过了。费主席找过他几次，给他带了点儿外卖和啤酒，他们讨论着彼此近期的作品，都觉得对方进步了。

这天，费主席接到了丁丁的电话。丁丁跟费主席曾经合作过两次，彼此已经很熟悉了。丁丁大概说了下情况，费主席就明白她的意思——继续给节目设计海报。费主席很高兴，雾行公司向来很大方，而且从不拖欠报酬。而此时，费主席已经将近半年没收入了，正在发愁钱的事儿时，就接到了“大单”，真是一场及时雨。

丁丁在电话里说：“您是不是跟孙闯闯挺熟的？”

“对，他是我兄弟。”

“那我大体跟您说一下海报内容，是要设计孙闯闯做突袭嘉宾的，而且突袭的就是他原先的乐队。”

费主席一下急了，刚要说话又被丁丁打断了：“费老师您先别激动，我知道这样不好。我也是孙闯闯的粉丝，但我也没办法，是我们老大和制片人要求的。还有一事，这次的节目据说十分的公平公正，不掺假数据。所以扭曲的面孔进了前五，孙闯闯才能做突袭嘉宾呢。”

“那你们着急做海报干什么？”

“这事儿不都得往前了赶吗？”

“我看你们就是有猫腻，什么公平公正，都是假的。”

“那您不信就算了，我也没办法。您看您这活儿能接吗？不能接的话，我还得再去找别的设计师。”

费主席犹豫了半天，最后还是答应了。反正孙闯闯也不会问海报是谁设计的。他不问，我不说。

“这公司可真够阴的，还带这么玩儿的？”费主席全身像被微弱的电流过了一遍似的，从头皮麻到了后背。他在心里嘀咕着，想必老孙现在还不知道有这事儿，那到底要不要告诉他呢？费主席思来想去，最终也没想明白。他索性打开了电脑，开始设计海报。这毕竟是一个“大活儿”，先保住自己的饭碗再说吧。可当海报基本成形，两方嘉宾名字搁在一起时，突然有种已经失去孙闯闯的感觉。费主席盯着屏幕，他的痛苦很抽象，是无法言说的。

晚上，孙闯闯总觉得心里慌慌的，浑身不对劲儿。可为什么而慌，自己也不清楚。他一会儿坐在沙发上，一会儿又躺在床上，电影看不下去，音乐也听不进去。无所事事的他，终于把自己安放到了书桌前，下了一个决心。上网查了一下扭曲的面孔，关于自己离开乐队的消息已不再是热搜，但每当搜到乐队的名字和“孙闯闯”这仨字时，还是会有大量的关于自己离开乐队的新闻。每个网站上的说法不一。他像个局外人，看着网友们热火朝天地议论，又把他们曾经种种的往事七嘴八舌地贴在了评论区里。往事历历在目，自己的决定真的对吗？他心烦意乱，决定给费主席打个电话聊聊天。

费主席此时正处在苦闷的自我忏悔中。突然电话响了，吓得他浑身一颤，正是孙闯闯的电话。他看着手机亮起的屏幕，寻思着要不要接呢？已经接近夜里十二点了，这个时间打来电话，肯定是有要紧事儿，难不成就是为了这事儿？不对，他此刻肯定还不知道呢，那能是什么事儿呢？费主席盯着屏幕，手机不停地在桌子上振动着，心也跟着一起振动着。终于，手机消停了，屏幕也暗了。费主席再次把目光转移到电脑上，盯着海报上“孙闯闯”和“扭曲的面孔”这俩名字。怎么就混到今天这一步了呢？我们是怎么了？费主席有种想哭的冲动，可看着屏幕中若隐若现的自己，又觉得十分可笑。他觉得孙闯闯已经离开他了，但他无力改变现状，也无力去为他们之间的关系做点儿什么，现在唯一能做的，可能就是以后找个机会跟孙闯闯道歉吧。

## 2

有关《新生唱将》的宣传逐渐涌出，手机、电脑、街边上的公交站、甚至电梯和地铁站里，哪哪儿都是这节目的海报。海报上，扭曲的面孔三个人占据了相当大的比例，其次几个乐队零零散散地被排在他们的周围。子夜和大饼被电脑后期修得几乎面目全非了，大饼看着像只有八十公斤左右的，子夜看着像女的，至于陈建军和其他几个乐队，孙闯闯没怎么仔细看。节目定于下个月十号开始播出。然而，子夜他们几个现在已经进到了节目组。

进节目组这事儿，是苏玲儿告诉他的。其实也不是苏玲儿自己告诉他的，只是昨天孙闯闯翻看了她的微博发现的。苏玲儿在网上是这么写的：预祝一切顺利。下面附了几张子夜进组的照片。照片应该是子夜传给苏玲儿的。看来他们现在走得很近。孙闯闯不敢再想下去……

费主席也不知道最近在忙些什么，孙闯闯说约他吃饭，他却总说忙。他总觉得费主席在故意躲着自己。也许他现在真的很忙吧。他顿时感到自己被全世界抛弃了。曾经，乐队、苏玲儿和费主席就是他的全世界，可现在，他们跟自己不是一个世界的了。

子夜、大饼和陈建军进到了节目组已经有一段时间了。录制了三期节目，成功地进到了十五强。节目录制得算是顺利，跟子夜想象的也差不多。和他们一起比赛的还有几个年纪特别小的当红明星。这些小明星不管真假，反正在子夜他们面前显得还挺客气，彬彬有礼的样子。他们周到的礼数令子夜和大饼特别感慨，现在的小孩儿真是越来越有礼貌了，哪儿像他们小时候，见着资深前辈，也没大没小的。对于后辈的客气和尊重，子夜的自我感觉是相当良好，因为真的已经觉得自己是前辈了。可大饼觉得有点儿别扭、有点儿尴尬，似乎少了点儿人情味儿。大饼和子夜在后台看着正在排练的小朋友们，大饼说："你不觉得他们特像假的吗？"

"是有点儿，长得都差不多。"

"不是说长得。我意思是，你看他们相互都点头哈腰的，跟机器人似的。"

"你管人家呢。"

"我怎么觉得，咱都这么大岁数了，还跟这帮小孩儿一起PK，是不是有点儿丢脸呢？"

"甭说那没用的，赶紧排练吧。回头输给人家，更丢脸。”

“你说……这比赛是公平的吗？”子夜突然没头没脑地冒出来这么一句，着实给大饼顶着了，子夜和大饼半天都没吭声。看着台上一遍又一遍排练的小孩儿们，他俩都觉得特感动。大饼突然又说：“如果节目组内定的是他们赢，我也认了。你呢？”

子夜一听这话，有点儿不高兴了：“我要是没什么天赋，我也这么玩儿命练。”说完，他拍了拍大饼肩膀，示意他赶紧排练。

排练室里，陈建军一直在玩儿命地练琴。陈建军的琴技就如他的名字般，普普通通，让人记不住。他只有玩儿命地练，才能把握住这个机会。他可能就是子夜说的那种天资一般的人。但子夜就是喜欢他，或是说，喜欢这种踏实、努力的人。

这节目是公平的吗？子夜不知道，反正节目组说是公平的，但他也不敢完全相信。他们也只是按照规则为自己的演出顺序排了曲目。这就像是游戏，所有的游戏都公平吗？这公平与否到底是什么标准，谁都说不清楚。大饼更想不清楚，但大饼坚信，这样的综艺节目肯定都是不公平的。节目组说是没内定，也许只是没告诉他们，因为他们不是内定获胜的人。也许他们就是个陪衬，就是个绿叶。

晚上，子夜睡不着。苏玲儿和他站在家里阳台上，望着远处还在堵车的四环路，一根接着一根地抽烟。他一直在跟苏玲儿念叨着今天在台上刻苦排练的那些小孩儿，和在演播间走廊里的节目策划邓科，以及与导演聊得热火朝天的铅笔刀乐队。他们肯定有一个是内定的，到底是谁呢？他又忽然说，如果节目组安排我们输给那帮小孩儿，怎么办？也太丢人了。他越念叨越气愤。苏玲儿在一旁抱着他的胳膊，脑袋靠在他肩上，听他没完没了地自言自语。

“现在的年轻人都努力着呢，比你们努力一百倍。”苏玲儿说。

“是，我也这么觉得。”

苏玲儿把嘴轻轻贴在了子夜的脖子上，子夜顺势搂住了苏玲儿的腰。

“唉，我觉得咱们这样特别不好，我总有种做贼心虚的感觉。”子夜说。

苏玲儿没说话，她不再亲吻子夜，又把脑袋靠回了他的肩膀。

“你没这感觉吗？”子夜又问。

“你还是继续刚才的话题吧，继续说说节目的事儿。”

子夜叹了口气，突然，什么也说不出来了……

“光念叨、抱怨、猜测有什么用，合同都签了。”苏玲儿说。

“以前，每次遇到事儿的时候，我都会找老孙聊会儿。虽然给不出什么特别有建设性的意见，但跟他喝一会儿，听他聊点儿不着边的，心情总能好起来，觉得一切都不是事儿。老孙就是有这种能让人放下一切的能量。”

苏玲儿突然哭了。

“你是不是还是放不下他？”

苏玲儿哭得上气不接下气，过了好一会儿才说：“我就是觉得他特可怜，特对不起他。”

“那你可错了，他最恨的就是被别人可怜。”

子夜被苏玲儿弄得心烦意乱，本来就在操心节目的事儿，结果她又为了孙闯闯哭了一鼻子。他索性出了门。

孙闯闯不在了，子夜找不到人聊天，只能给大饼打电话。大饼接了电话，没多一会儿，子夜就颓在了大饼的客厅沙发上。大饼把窗户全部打开了，外面车水马龙的声音能让子夜稍微平静些。

“你别总这么发呆啊，要不咱俩喝点儿？”大饼坐在另一个单人沙发上，看着子夜。

“不想喝。”子夜半死不活的，感觉连说话的力气都没了。

“你这是怎么了？”

“我就是在想，咱们要是输给了那帮小孩儿怎么办？”

“人就是这样，当你有了一张床的时候，你就想要一个房间。有了一个房间，你就想要一栋房子。当你……”

“行了，行了。”子夜烦躁地打断了大饼前不着村、后不着店的话。

“我意思就是，咱别不知足了，多少乐队还都没上这么大节目的机会呢。这平台多大啊，有个机会露个脸不错了。更何况，咱们现在也没有十足的理由说人家节目组就有内幕。”

“肯定有，你没看见今天在走廊上，铅笔刀他们跟制片人还有导演，聊得那叫一个高兴。”

“他们聊什么了？”

“没听见。反正就一顿地吹牛逼、一顿地乐。”

“没准人家之前就认识呢？”

“那更说明有问题了。”

“你现在怎么神经兮兮的？不就是一个节目吗，就当玩儿去了呗。你以前可不这样啊。”

“你可别忘了，进不了前五，咱们是要赔那一百万的。”子夜寻思了一下，“不行，我得去趟排练室。”子夜突然站了起来，像没头苍蝇似的，在大饼家里来回乱转地找东西。

“你说现在？”大饼看了眼手机上的时间，“现在可都快十二点了。”子夜还是在几个房间中进进出出，

“你找什么呢？”

“钥匙！”

“这不就在这儿呢吗？”大饼从茶几上拎起一小串钥匙。子夜赶紧从大饼手上抢过来，“赶紧走，我不能在这儿待着，要疯。”

## 3

这几天，苏玲儿又不知道哪儿去了。微博和微信朋友圈，都没有她的动态。孙闯闯想，估计又去哪儿拍片儿了吧。这么长时间过去了，孙闯闯还是会习惯性地、时不时地翻翻她的动态。可让孙闯闯万万没有想到的是，苏玲儿哪儿也没去，就在子夜家里待着呢。白天在子夜家写小说和修之前拍的照片。晚上苏玲儿就做好饭等着子夜从组里回来。但这并不是苏玲儿的意愿，这是子夜的主意。

扭曲的面孔乐队已经顺利地进入前十五了，已经在三期节目中亮过相，这已经远远超出了之前的预想。

可即便如此，子夜还是每天处于一种精神十分紧绷的状态。一个是想着要出名，一个是屁股后面有着一百万在追赶着他。节目组的规则极具挑战性，想尽办法，用各种幺蛾子折磨乐队。子夜疲惫不堪，可奇怪的是，他越是疲惫，越是像疯了一样地写歌、排练。他像掉进了正在飞快旋转的旋涡里。大饼快扛不住了，但也不敢说什么。陈建军特别感谢子夜，感谢他的“收留”，同时他也觉得自己是特别幸运的一个人。这么多年的苦练没有白费，终于熬到能出人头地的一天了。他一门心思跟着子夜，子夜让怎么改就怎么改，从来不抱怨。每次排练完，还把排练室的地和乐器擦一遍再走。

子夜每天回家都很晚，并总是疑神疑鬼的。他对苏玲儿不信任，总是觉得他不在的时候，苏玲儿就会往孙闯闯那里跑。

但无论子夜怎么怀疑、焦虑、发疯，他都得按照节目组的时间表按时录制节目。他像一个被机器运转着的小齿轮，没有间隙地运转着。扭曲的面孔终于靠自己的实力进到了前十。乐队已经有了新专辑，专辑里有的歌是他们曾经和孙闯闯一起作的，也有的是最近子夜自己作的歌。键盘手的名字已经被替换成了陈建军。孙闯闯一边看着新闻，一边念叨着："多么平庸的名字，听着就不像能弹好的。子夜看人的能力真是越来越差了。"

乐队不仅有了新专辑，还有了全国八个城市巡演的公告，歌基本都是子夜写的，但一看就是为了凑专辑和巡演逼着写出来的。孙闯闯窃喜着，当时的决定还是对的。他最怕的结果还是被子夜遇到了。

这时候，孙闯闯的电话响了。

"孙老师您好，我是雾行公司的陈贤君。"

"您好，您别客气，叫我老孙就行。"

陈总笑了下，又说，"老孙，你知道《新生唱将》这个节目吧？"

"不太知道。我不怎么看电视，这类综艺也不怎么看。"

"没关系，这是一档唱歌的选秀节目。我希望你能来参加一期。"

孙闯闯刚想开口说话，就被陈总的话堵回去，"你先别急着拒绝我。我听说你从扭曲的面孔单飞了。但实际上不是这样的吧？网上还有人说，是子夜把你赶出来的。”

“网上说什么的都有，您别信。”

“那实际是怎么回事儿，你能跟我说说吗？”

孙闯闯觉得这个陈总还挺实在的，但自己是怎么离开乐队的，是不是被子夜赶出来的，他自己也说不明白。

“也没什么说的，就是感觉理想和追求不一样罢了。分开对各自未来的创作都是有利的。”

“那你觉得你比子夜强吗？”

孙闯闯没说话。

“我觉得你比子夜强。音乐有想法，扭曲的面孔几首我特喜欢的，都是你作词作曲的。”

“真谢谢您，我没您说得那么好。我就是一个俗人，只不过比别人好相处一点儿。”

“你到底有多好、有多少本事不需要跟我说。你需要向广大听众和你的粉丝说。”

孙闯闯犹豫了，陈总说的没什么错，但自己又不想去参加节目。这到底该怎么办呢?

“你考虑一下，后天给我答复吧。”

挂下电话，孙闯闯脑袋有点儿发木。发了会儿呆才开始渐渐思索着，刚从一个旋涡里逃出来，又要掉进另一个旋涡。苏玲儿、乐队、选秀，他隐隐地觉得自己的生活正在重新洗牌。

他看着扭曲的面孔新专辑封面。第一首歌叫《重生》。歌写得不错，一听就是子夜的，只是陈建军弹得差点儿意思。再一看歌曲下面的留言：

“扭曲的面孔这张专辑真不错，孙闯闯挺可怜的，居然被乐队给踢出去了。”

“如果孙闯闯还在乐队，品质肯定会更好。”

“扭曲的面孔也真够狠的，孙闯闯刚一走，就发了新专辑。老孙真可怜。”

诸如此类的，觉得孙闯闯可怜的留言有二三十条。孙闯闯越看越气愤，他最痛恨的就是被人可怜，这比不尊重我、看不起我，还让人接受不了。虽然粉丝们没什么恶意，但这却正好击中了他的要害。

此刻已经夜里十一点了，他想都没想，又给陈总打了一个电话。陈总居然还接了。

“这么快就想明白了？”陈总说。

“想明白了，我参加。”

“这就对了。”陈总对他的答复看来很满意。

深夜，楼上楼下的邻居都睡了。屋子里只剩下钟表在“嘀嗒嘀嗒”地响，孙闯闯随着有规律的节拍，抖着脚，想道：我是不是有点儿太冲动了？上综艺节目这事儿真的好吗？观众会不会觉得我更可怜，可怜到已经开始靠上综艺节目来维持自己了？但刚刚已经答应了陈总，再拒绝也实在说不过去。算了，没准这是机会也说不定。可综艺是什么东西，到底怎么玩儿，游戏规则是什么？他打开网页，随便找了一个唱歌类的选秀综艺节目看了起来。站在台上的歌手和乐队老师，有一些都是孙闯闯的朋友。甚至还有几位吉他和键盘手都声称自己永远都不会参加这种节目的。台上的歌星和乐手们都把自己的情感放大了无数倍，动作极为夸张和做作。台下乐迷们毫无头绪的律动，评委老师们词不达意的点评……孙闯闯果断地把视频关了。夜里快两点了，老孙终于熬不住了。

第二天早上，孙闯闯醒来后的第一件事儿就是想到参加节目的事儿，他反复问自己是不是后悔，他的反应是，还凑合吧，没有特别后悔。但他还是有点儿犹豫，憋不住给费主席打了一个电话，想征求他的意见。费主席忐忑不安地接了电话，果然是说要上节目的事。费主席赶紧说：

“老孙，选秀的事儿不适合你。”

“难道不是一个机会吗？”

“节目里全是猫腻，反正劝你别去。”

孙闯闯挂了电话后，睡了过去。

## 4

孙闯闯终于接到了节目组的正式通知，与此同时，也看到了相关的海报。自己的头像和扭曲的面孔放在了一起。他现在心情却如此平静，身体软弱无力，靠着一股游丝在苟延残喘。他在家思考了一夜，做了两个决定。第一个是准备认真参赛，输赢不重要。关键是不能给自己留下任何遗憾。第二个就是要唱自己的新歌。这一晚上，他喝了很多黑咖啡，坐在电脑和键盘前，又仔细地把那首准备交给子夜的歌，重新编了一遍。最后决定把歌名定为《那是什么东西》。这次，他终于不用再附和任何人了，这次的演出，只有他自己。凌晨四点，天蒙蒙亮，他上了早上八点的闹铃，闭上眼睛，在沙发上睡着了。

这一晚上，苏玲儿没睡着。子夜和大饼陈建军一晚上泡在了排练室里。他们怎么都想不通孙闯闯为什么会答应来比赛，来参加这种综艺节目。苏玲儿独自在子夜家，站在阳台上，望着什么也看不见的远处，想着明天孙闯闯和子夜他们的“对决”。她忐忑不安，觉得自己是帮凶，对不起孙闯闯，这辈子都没脸再见他了。可是这又能赖谁呢，谁让他当初追她的，谁让他那么想跟苏玲儿结婚的，居然还提到过生孩子的事儿。苏玲儿继续想着，和子夜的关系似乎也到了一个临界点。这么在他家耗着到底什么时候是个头儿？她对这一切已经厌烦透了。

这一晚上，她也做了一个决定——她要和过往说再见，不再逃离，不再逃避。郑重地和子夜道别，准备找一个地方，认真地过日子，那个地方将会成为她永远的家。那个地方是哪儿呢？她查了查自己的存款，又算了一下自己每月的收入，北京是混不下去了，而且也没什么理由让她非耗在北京不可。她去过很多很多地方，这次她决定把家安在四川。

她从来没跟谁郑重道过别，该怎么道别呢？电影小说里都是写信告别，但又觉得太矫情。她想了想，干脆就直接点儿吧，她给子夜发了一条微信语音，准备半天，最后只说了句：再见子夜。这句道别她练了好几遍。

孙闯闯按照约定时间，前往节目组，进行拍摄录制。当摄像机一对准孙闯闯时，他就倍感局促和紧张，眼神总是躲闪着，或低着头。采访时，半天又说不出话来。节目组说，逆袭嘉宾没有彩排，除了不要说一些违规的话以外，可以尽情地展示你自己。

该来的总会来的，子夜和孙闯闯终于在后台碰到面了。这是自那次在迷乐公司分别后，第一次见面。子夜有点儿尴尬，孙闯闯倒是看着挺淡定的。

“没想到你能来。”子夜说。

“我也没想到。”孙闯闯说。

子夜和孙闯闯都沉默了，本来子夜有很多想问孙闯闯的，比如你为什么会来？你来干吗？离开我们是不是后悔了？你觉得陈建军怎么样？等等。就在沉默之际，子夜他们就被导演组的人叫着上台了。几位评委寒暄过后，嘉宾们开始了一阵热烈的呼喊。紧接着，舞台的灯亮了，扭曲的面孔率先上台。孙闯闯站在舞台后面，看着子夜、大饼和那位他总也记不住名字的键盘手。大饼在开始前一秒，突然与孙闯闯的目光对上了。孙闯闯跟大饼点了点头，大饼鼻子一酸，打响了第一个鼓点。这是扭曲的面孔第三张专辑中第二首歌，也是最火的一首，唯一流传过大街小巷的一首。

台下的观众大声齐唱，孙闯闯会心一笑：这下子夜该满意了，他最喜欢的就是粉丝跟他一起大合唱，他觉得只有这一刻才是最嗨的。但孙闯闯就觉得大合唱有点儿傻、有点儿土。这一点上，他们永远也无法达成共识。孙闯闯此刻像卸了包袱的骡子，浑身轻松。他靠在一旁，自在地也随着音乐的韵律摇摆了起来，也跟着粉丝们一起哼唱着。

表演结束了，打分也结束了。评委们又开始了相互的寒暄和点评。子夜带着乐队下了台。孙闯闯双手交叉在胸前，上半身靠着一堵墙。

“不错，效果挺好的。”孙闯闯说。

“加油兄弟，别客气。”子夜有点儿累，喘着粗气说。

工作人员提醒着孙闯闯准备上台，做了一番最后的设备检查，孙闯闯深吸了一口气，上去了。

“这首歌献给……我最爱的人。”孙闯闯在唱前说。舞台如此之大，如此之明亮，他独自站在中央的位置上，有些孤单。音乐响起，子夜耳朵一亮，确实挺不错的。

我们的友情是虚假的，
我们的爱情是虚假的，
我们的努力是虚假的，
那个为之奋斗和不顾一切的东西是虚假的……

这是新歌，谁都没听过，用这首歌参赛太冒险了。

孙闯闯独自在舞台上，用尽全力地演绎着。台下粉丝虽然没人能跟着唱，但都跟着音乐在摇晃。丁丁站在第一排VIP区，号啕大哭。孙闯闯满头大汗，忘我地在台上嘶吼着。这是孙闯闯首次演出独唱，让评委和观众们都颇感意外——孙闯闯竟唱得这么好。

“孙闯闯这是什么意思啊？”这歌词，子夜听得懂，大饼也听懂了，费主席应该也能懂。只有陈建军挺美的，跟着音乐摇头晃脑。

“我们的友情是虚假的”，这句歌词反反复复地在唱。真的是虚假的吗？子夜鼻头有点儿酸。他忽然觉得曾经对孙闯闯所有的迁就，和无限的忍让都变成了自己的一厢情愿。他越唱，子夜越委屈、越失望、越气愤。他在台上，就像个一直在宣泄自己委屈的小朋友，这么多年了，怎么就一直没长大呢。

孙闯闯卖力的演出赢得了台下一片喝彩和掌声。

当唱完最后一个音的时候，孙闯闯已经累得佝偻着后背，用力地大口喘气。不知道是眼泪还是汗，他一直在擦着眼睛，不停地擦……工作人员赶紧从后台递上了纸巾。评委一边点评，孙闯闯一边擦，无论说什么，他都点头表示同意。后来其中一评委问到关于离开乐队以及和子夜在台上PK，心情是怎样的时候，孙闯闯咽了下口水，手举着话筒说："我祝福子夜，祝福乐队以后能越来越好。"说完，台下有粉丝哭了，哭得最严重的就是丁丁。孙闯闯径直走下了台，评委在上面喊着："哎，先别走，我们还要宣布比分。"孙闯闯权当没听见，下了台直接走了。

"妈的，这孙子把比赛当成什么了！"子夜很气愤。

没想到的是，这场比赛孙闯闯赢了。当宣布完比分的时候，子夜用力踹了一脚演播室的椅子。大饼和陈建军还有几个工作人员吓了一跳。

"没事儿，还有下一场呢。"工作人员小心翼翼地劝着子夜。

"什么玩意儿，我看你们这比赛全都有猫腻！"子夜骂骂咧咧地走了。

大饼和陈建军赶紧向工作人员道歉，大饼让陈建军留在这儿，自己去追子夜。按照赛制规定，还得再比一场，两场比分的票数相加，高的获胜。大饼劝子夜说：

“咱们还有一次机会，况且票数相差得不是很多。”

“你相信这票数是真的吗？我觉得他们就是故意的，他们就想让孙闯闯赢。”

“人家不都说是真实数据了吗，你别太悲观。”

“大饼，你这人就是太幼稚，太幼稚！”子夜气没消，越想越生气，又说：

“你听听他那歌词，就他委屈是吗？”

大饼也不知道该怎么劝，随即说了几句片儿汤话。

“别让我再看见他。见一次，我打一次。”

孙闯闯和子夜彻底决裂了，也与之前的生活彻底断裂了。陈总和节目制片人大飞、邓科对他都很满意，说，每个圈都有游戏规则，拿出你的职业精神和职业素养。既然想在这个圈里混，想出名，那就得遵守游戏规则。其他人，都是业余玩家，所以他们早早就被淘汰了。孙闯闯客气地点了点头，表示同意。

第二场比赛在两天后，要求每个乐队和歌手都要唱一首未曾发表过的歌。子夜和大饼回家各自翻着电脑，把曾经做过的“半成品”全都翻出来了。子夜反反复复听着，一遍遍地尝试着如何重新编曲，过了一天一夜，仍是拿不定主意，他像疯子似的到处给别人打电话，征求意见。最后大饼实在受不了子夜，他觉得再这样下去肯定会疯的。大饼突然在排练室里，扔了鼓槌儿说：“我不玩儿了。”

“别闹了，我这儿烦着呢。”子夜根本不理他。

“我说我不玩儿了！”

“嘘！你小点儿声！”子夜一下蹿到了排练室的门后面，悄悄看了眼门外面，赶紧把门关上了。

“你丫干吗呢？”对于子夜近期种种神神道道的行为，大饼已经非常厌恶和不耐烦了。

“我跟你们说，这门外面肯定有人盯着咱呢。没有的话，估计也有摄像头、窃听器。”子夜瞪着眼睛，用特小的声儿，悄悄地说，“所以你们别总动不动瞎嚷嚷。”

“那你刚才看见人了吗？”大饼问。

“指不定哪儿躲着呢。这帮人都阴着呢。”

“我看你是疯了。”

“别闹了，赶紧再排一遍。”

就在此刻，丁丁突然给陈总打了一个电话，说孙闯闯失联了，打了一天的电话都不接。大飞和邓科那边也找不到他。陈总告诉丁丁，赶紧再找一个独立音乐人，不用特别火，有一点儿知名度的就行，重新和扭曲的面孔进行比赛，重新录制。丁丁又问，那孙闯闯那期怎么办呢？陈总说，剪了吧。

陈总大概已经猜到了，孙闯闯是不会再出现了。

陈总猜得没错。孙闯闯终于把那首歌唱给了该听到它的人，心愿已了，其他的就爱谁谁吧。按理说，这种情况应该算违约，如果陈总真要和他较劲打官司的话，孙闯闯必输无疑。但这事儿也就不了了之了。然而，孙闯闯压根儿也没怕自己被告。只身一人，一无所有，什么都输得起。

孙闯闯这次哪儿也没去，在家睡了一个又沉又长的觉。醒来后，他感到前所未有的轻松和愉悦。他突然很想念费主席，这家伙在干吗呢，这么长时间都没消息。

## 5

子夜知道孙闯闯退出节目，是在第二天早上。当他再到节目组时，已经被告知他们要跟另一组人马比赛。子夜气急败坏地喊着："他人呢！这孙子凭什么这样对我！"子夜情绪瞬间崩溃了，跪在地上，号啕大哭。大饼几次试图把子夜扶起来，但他身体瘫软得像是一摊泥。大饼心疼他。

演出临近，子夜也突然消失了。大饼和陈建军都联系不到他。大饼意识到子夜应该是出事了。他犹豫了很久，最终还是给孙闯闯打了电话。孙闯闯接了，语气挺平静的，就像早已预料到了一样。孙闯闯说去帮着打听一下。随后不久，苏玲儿给孙闯闯打了电话，说："完了，子夜进去了！"苏玲儿又说："他在八里庄派出所，你快想想办法啊！"苏玲儿的话应该错不了。

"那你跟我说什么呀，我能怎么办？"

"你这人怎么这么样，毕竟曾经也是朋友。"

苏玲儿在电话另一头心急如焚。这再一次证明，苏玲儿对子夜是真心的。孙闯闯想着，你们都是我曾经最爱的人，我可以用背叛来形容你们吗？

孙闯闯还是通过了种种关系，打探到了子夜的情况，正如大饼所猜测的，他被上家点了。目前正是严打的时候，至少要关俩星期，不准探视。子夜被关进去的第四天，大饼去了趟派出所，想给子夜存五百块钱。但派出所的人说，已经有人给他存钱了，这俩星期的饭钱够了。大饼问是谁给他存的，派出所的人没告诉他。

大饼从派出所出来，沿着八里庄的路一直往排练室的方向走，心里空空的。

两个星期后，大饼到派出所接子夜出来。他瘦得已经嘬腮了，眼眶深深地凹陷进去，胳膊上还有微微的瘀青，脑门上肿了一个大包。大饼在派出所当场急眼了，说谁把他弄成这样的？民警同志说："他连续三天了，自己往墙上撞。还一直念叨什么'有猫腻，有猫腻'，一直重复着。也不怎么吃饭，跟大仙儿似的。你快通知他家里人，带他瞧瞧病去吧。"

大饼听完，鼻尖酸了一下，双腿发软。

后来，子夜真的疯了，进了昌平的一家精神病院。大饼在一开始的时候还经常去看望他，但没过多久大饼谈了一个女朋友，事儿多了以后就很少再去了。陈建军又加入了一个乐队，发展得很好，马上要巡演了。苏玲儿在这期间也从四川回来过几次，特意去看望子夜，还给他带了一些四川的辣货，子夜悄悄地收好了，说他现在还在服用药物，这种辛辣刺激的东西要少吃。苏玲儿就说，我看你现在状态挺好的，偶尔少吃一次药也没事儿吧？子夜点点头说，还是遵医嘱吧，这些等我出去的时候再吃。苏玲儿从医院出来，吁出了一口长长的气。她为子夜感到难过，但又不失为一种解脱。

又过了些日子，孙闯闯和大饼在一个livehouse里遇到了。大饼的新女友很漂亮，是他理想中的对象。现场嘈杂混乱，孙闯闯喝得有点儿多，跟着音乐和观众们乱蹦着。大饼突然拍了一下孙闯闯，他一回头，没注意脚下，被别人绊了一下，当即跪倒在地，但借着酒劲儿，也没觉得怎么样。站了起来，特别兴奋地搂着大饼的脖子说：“你怎么也来啦！”

大饼觉得他喝得有点儿多了，把他叫了出去。

夜晚，这条街道很寂静。耳朵被震得嗡嗡响。

“你最近还好吧？女朋友不错。”孙闯闯被微风一吹，更晕了。

“这是喝了多少啊？”大饼说。

“没喝多少，回答我问题。”孙闯闯把头埋在双腿之间，说完“哇”的一下吐了。大饼赶紧找了纸巾和一瓶水递给了他。

“又组乐队了吗？”孙闯闯又说。

“没有，我找了一份工作，想今年结婚。玩儿乐队，看不着前景。”

“这下就稳定了。”孙闯闯漱了漱口，把剩下的水喝完了，算是清醒了点儿。

“你怎么样？还写歌呢？”

“还写呢……”

大饼冲着孙闯闯笑了一下，又突然说：“去看看子夜吧！他挺想你的，之前跟我念叨过好儿次！”

“好！”

大饼的女朋友出来了，叫他赶紧进去。孙闯闯又在马路牙子上歇了会儿，回家了。

第二天早上，细雨绵绵，孙闯闯醒来后发现脚不能动了。肿了一个鸡蛋那么大的包。他缓慢地把自己挪到了地上，想起来了应该是昨天晚上在livehouse里摔的。他喷了点儿药，觉得稍微好些了。他又突然想起了什么事儿，昨天好像说要去看看子夜。是啊，是该去看看他了。他带了一盘自己最近做好的歌，一共五首，准备让子夜没事儿的时候听听。他一瘸一拐地出了门。

子夜病情已经有所好转。他说自己不想出去，出去干吗呢？我是疯子啊。子夜的胡子长得参差不齐，嘴唇的地方尤其浓密，脸颊上的零星一点儿，这让他看起来更为落魄。子夜坐在病房中的白色椅子上，穿着一身宽大的病号服，感觉也挺酷的。孙闯闯坐在子夜的床上。两个人，见了面都不知道说什么好。

“我知道你看不起我，我也看不起我自己。”子夜突然说。

孙闯闯有点儿蒙，但鉴于他还是个病人的分上，他说什么也都可以理解。

“没有，没看不起你。”

“在这里待这么长时间，我突然想明白一个问题。我们曾一直反叛，想成为与众不同的人，我们把它当作一种信念，一直坚持着。但我们都忘了，这些是要建立在一个物质基础上的。我们都是凡夫俗子，都需要柴米油盐。其实我们才是最庸俗的那帮人。人来到一个地方，或是干一件事儿，总是为了一个动机。而我的动机就是想活得体面一点儿。为了这个动机，我要不懈地努力。”

子夜一下子把这段时间的思考全部说了出来，他最想说给孙闯闯听。

“咱俩不一样。”孙闯闯说。

“没错，绝对不一样。因为我一直都没觉得你在努力。你只是一直在逃避。包括节目的事儿。你信吗，那场比赛绝对是我们赢。但节目组可能是为了点击率，也有可能是为了别的。我也不知道，但肯定有猫腻。肯定有。”

子夜说着说着，又不着边际，他又陷入到了一个难以自拔的旮旯儿里。

“行，我改天再来看你。”孙闯闯顺势走了，那盘CD也没给子夜。

## 6

孙闯闯瘸着从医院走了出来，一个熟悉身影突然出现在了眼前，是苏玲儿。

“哟，巧了不是？”苏玲儿说。

“你什么时候回来的？”孙闯闯问。

“昨天回来的，你这脚怎么了？”

“昨天在演出时喝了点儿，一高兴就跳上了，上半身出去，下半身没跟上。”孙闯闯有点儿忘了是怎么崴着的了。

“都这么大岁数了，能不能稳当点儿？跟我分开之后，你挺美的呗。看来这几年也把你耗够呛。”

“彼此彼此吧。”

“走，我带你去医院拍个片子吧，肿成这样，万一骨折就麻烦了。”

孙闯闯被苏玲儿架到了一辆出租车上。在车上孙闯闯问苏玲儿："最近好吗？"

"挺好的，我在四川定居了。结婚了。"

"祝贺你。"孙闯闯有点儿惊着了，他突然又说："对了，有件事儿我一直想问你来着，还记得你写的那篇小说吗？"

"记得。你觉得我写得怎么样？"

"我觉得你写得特别好。"

"那你觉得我写的是你吗？"

"是我。"

"但他比你更纯粹。"

"可能吧。"孙闯闯似懂非懂地说着。他后来又读了很多遍，但到后来也没明白"比你更纯粹"是什么意思。

晚上，孙闯闯又接到了雾行公司丁丁的电话，孙闯闯有点儿担心，怕是公司要找他算账。可丁丁说，自己已经从那家公司里出来了，并且一直是孙闯闯的粉丝，问他需不需要助理。孙闯闯说，自己还没到需要助理的那份上，但有一事儿他想要问，就是那次他与扭曲的面孔比赛，他们所得票数是公正的吗？丁丁说，绝对的公正，这次节目所有的票数都是真实的。

孙闯闯挂了电话，继续写着没有完成的歌。

# 凉凉北京

深秋，距北京市政府供暖还有十天。屋里比外面冷，而且越坐越冷，手脚冰凉，会流清鼻涕，穿多少都缓不过来。苏玲儿和孙闯闯缩在沙发上，裹着被子。孙闯闯的房子是阴面，所以更冷。因为这事儿，他前妻每到这时都要对他进行一番埋怨，埋怨了四五年，终于搬走了，再也不回来了。现在，孙闯闯身边换了一个捧着热水袋的人。

电视里放着孙闯闯最喜欢的电影《野猪遍地跑》，这是盗版碟，我国台湾人翻译的名字。也不知道是为什么，内容和名字一点儿也对不上号。故事背景建立在玛雅时期，满画面充斥着血腥与暴力。男主人公以及他所掌管的部落，为了反抗玛雅帝国的统治进行了一次又一次的战争和逃亡。从某种角度来说，这翻译过来的片名，倒是也有几分贴切。苏玲儿看得眼花缭乱，加上昨晚彻夜失眠，让她在温暖的被窝里迅速睡着了。这是孙闯闯第五次看这部电影，原因是他手里刚接了一个剧本的活儿，网剧。根据制片方的要求，他要在一个星期里写出一个两千字左右的大纲，内容是一群美少女逃离一个被僵尸霸占的荒岛。他要再看一遍这部电影来获取灵感。

他边看边记，起初还时不时跟苏玲儿聊上几句，后来干脆就不说话了。孙闯闯刚一闭嘴，苏玲儿就睡着了。苏玲儿刚一睡着，就被孙闯闯发现了。这是他的一大技能，永远都能第一时间发现身边的人是否在认真地与他一起欣赏或讨论某个艺术作品。但凡有人走神、心不在焉，他会立刻察觉到，更不用说睡着了（孙闯闯认为，这是对艺术和他本人极大的不尊重）。但凡被他发现，他就会大发雷霆，当然了，也仅仅是在心里。可对苏玲儿就不一样了，他一下把她拍醒了：

“你怎么就睡着了？”

苏玲儿惊醒，还没反应过来，孙闯闯起了身：

“你赶紧回家吧。”

苏玲儿不明所以，也大怒了起来：

“你是不是有病啊！”

孙闯闯把电视关了，没告诉她自己为何生气，回了房间把门锁上了。苏玲儿觉得他这人简直莫名其妙，想吵架都不知从何吵起，穿上了衣服，憋着一肚子的委屈回家了。

苏玲儿和孙闯闯是在一个面馆儿里认识的。那天夜里，有个叫“学校”的livehouse有演出。演出结束后，是后半夜了，“学校”所在的小胡同儿里瞬间挤满了散场的年轻小朋友。附近只有这一家面馆儿是二十四小时营业的，里面挤满了人，队排到了外面去。孙闯闯哪哪儿都有熟张儿，有人给占地方。苏玲儿和张依在店门口排队，冻得瑟瑟发抖。孙闯闯捅了一下费主席，费主席是艺术圈的，按理说他和音乐圈的人搭不上关系。但曾经，费主席给一乐队设计过封面，于是就这么玩儿到一起去了。

“你看门外面那俩姑娘怎么样？”费主席抬头看了看：

“不行，太柴了。”

“我觉得挺好，你再给我找把椅子去。”

孙闯闯起身向外走，拍了一下苏玲儿：

“哎，你们进来吧，我这儿有位置。”

苏玲儿大喜：“真的啊！”说着她就拽张依要进去，但显然，张依并不是很情愿。

“我们不在这儿吃，买完了就走。我们还是再排一会儿吧。”张依道。

“打包回去，面全坨了，没法吃。我们就坐在里面。”孙闯闯用下巴指了指费主席坐下的那桌。

苏玲儿又说：“就是，面怎么打包？快进去吧。”

张依还是被苏玲儿拉了进去。几人坐下后，孙闯闯为大家点了豌杂面。直到现在，每当苏玲儿回忆起这个晚上时，都会觉得很恍惚。每当吃起豌杂面的时候，都能想起孙闯闯。苏玲儿听孙闯闯的音乐访谈节目已经三年了，是他的头号粉丝。只是当时她被冻得快抽筋了，一门心思只想快点儿进到面馆里坐下，才没有第一时间将孙闯闯认出来。经过了一番的盘道，苏玲儿激动得快控制不住自己了，说了很多遍：

“你真的是孙闯闯！”

孙闯闯的心中大喜，遇上个姑娘居然还是自己的粉丝。孙闯闯和费主席两人开始聊起了音乐圈的陈年旧事和各种八卦消息。每当说到敏感词汇或敏感的人时，都会向四处望望，并将声音压低。面终于端上来了，张依饿坏了，自顾自闷头吃面。苏玲儿听着孙闯闯口中的奇闻逸事，着了迷，偶尔才低头吃一口。苏玲儿每次低头吃面，孙闯闯就会闭嘴，等她抬起头时才继续讲。这一低头抬头，孙闯闯就迷上了苏玲儿。他觉得她低头吃面时的样子特别好看。

凌晨四点，张依终于坐不住了："我不行了，眼睛睁不开了。"

"哎，再聊一会儿吧。等五点了，我带你们去吃早点，看日出。"孙闯闯极力劝说着。

"不行，我八点还有事儿呢。"

"我发现你做人就是太紧张了，为什么不能放松一点儿呢？你看，这也没几个小时了，回去你也睡不着。"

张依站了起来："我真回去了。"苏玲儿见她真要走，自己也站了起来。

"成吧，既然都要走那咱们改天再聚。"孙闯闯迅速和苏玲儿交换了电话。

临走时，孙闯闯说：“我明天打给你。”

路上，张依问她：“那人是谁啊？那么会吹牛逼的人，我还是头一次见。”

苏玲儿只顾傻笑着：“是吗？可能是职业病吧。他是一个音乐访谈节目的主持人，主持人都特能说。”

“反正你离他远点儿，看着不像什么正经人。”

“我倒觉得他挺有意思的，跟平时在节目里时一样。”

张依是个白领，离这些文艺青年八丈远，在她眼里，他们都是不务正业的人。苏玲儿是她的同学，从初中到大学，她们的友情不是一两句话能概括的。整个晚上，苏玲儿脑子里全是孙闯闯，又把关于他的所有信息和做过的节目复习了一遍。就连梦里也全是他。孙闯闯在告别之际说今天会联系，她就一直等着。从早饭等到了午饭，午觉睡过，电话还是没响。苏玲儿坐立不安，整个下午都在回忆昨夜的事儿，准确地说是今日凌晨，像做梦似的。但孙闯闯口中的那些人与事，又那么生动。夜幕悄然而至，这一天终于接近了尾声。今天是周末，除了两个快递的来电，再没有其他人找她。人家毕竟是名人，名人的话怎能当真呢？

孙闯闯和白露分居已经三个月了，随着时间的推移，他越来越相信白露这次是认真的。往常，白露也会闹脾气回娘家，但也就是三两天的事。等她消气，自己想通了，就会讪讪地回来。白露想离婚，孙闯闯也是无话可说，他曾想过挽留，但话到嘴边又不知如何开口。白露搬出的三个月里，他最大的收获就是认识了苏玲儿。这段时间，他一档节目也没做，收入全无，靠着昌平一套小两居的房租过日子。可就在遇到苏玲儿的当天上午，白露拎着两个大箱子回来了。孙闯闯心中一动，但仍旧装睡。白露没说什么，进了卧室，开始收拾自己残留在这儿的东西，一样不留地全塞到了皮箱里。孙闯闯见动静有点儿大了，就说：

"你这是干吗呢？"

"收拾东西。"

孙闯闯赶紧嬉皮笑脸地抱住她："行了，行了，差不多得了。待会儿咱俩吃火锅去。"

白露一把将他推回了床上："你是不是以为我跟你开玩笑呢？我告诉你，你现在这副嘴脸，特别让我恶心。"

"还没想明白呢？"

"没什么可想的，离婚协议昨天夜里已经发给你了。"孙闯闯赤裸着上身，坐在床上。面对衣冠楚楚、义正词严的白露，气势全无。他根本就不会明白，白露为何如此坚定。临走前，她看了一眼孙闯闯说：

"其实你从来就没爱过我，对吧？"

之后便把钥匙留在门口，走了。其实，这三个月里，孙闯闯并没有特别思念白露，只是觉得日子过得十分没劲。不再会有人等他回家，不再会有人与他一起深夜看电影、吃宵夜，更不会有人跟他拌嘴。当他看见离婚协议时，心烦意乱。婚前与婚后财产分得很详细，字里行间透着股无情与无望。"这么锱铢必较的干什么！"又过了两天，两人速战速决地把离婚证领了。从民政局里出来，阳光烤在身上暖洋洋的，他忽然想去动物园，当即给费主席打了一个电话，费主席没接。他又翻了翻电话簿，想起了苏玲儿。

两人到动物园时，临近傍晚。家长们带着孩子开始纷纷离园，所以人并不多。孙闯闯带着苏玲儿往里走，开始介绍，这是什么动物。苏玲儿从小就不爱去动物园，觉得动物园里的动物都特别惨，还很臭。但这次不一样。孙闯闯自顾自地说："小时候，我爸每个周日都带我去动物园。小时候走不了多少路，而且中午得睡觉，晚上去补习班，所以每次只逛半个园。"他们晃晃悠悠地走到了长颈鹿馆，栅栏上的牌子写着"严禁私自投喂"，但还是有人把生菜、饼干之类的食物从包里掏出来。孙闯闯也从布袋子里掏出一小把胡萝卜条，分给了苏玲儿几根，看样子是有备而来。苏玲儿不敢喂，怕长颈鹿咬她。孙闯闯就攥着苏玲儿的手，慢慢将胡萝卜条喂进长颈鹿嘴里。也不知道苏玲儿是真害怕，还是装的。总之，两人自从喂完长颈鹿之后，手就牵在了一起。此刻的苏玲儿觉得孙闯闯很可爱，她觉得喜欢动物的男人都很善良。

孙闯闯今早与朝夕相处四五年的媳妇儿离了婚，除了动物园，他哪儿都不想去。晚上，孙闯闯带着苏玲儿去吃了牛肉拉面。孙闯闯对牛肉拉面有一种说不清的痴迷。在家附近四公里以内，有三家牛拉，他只去在公交车站不远的这家，是清真的。他说这家店不仅卫生条件好，而且汤熬得讲究，这牛拉最大的功夫是在汤上，不仅要一清二白，还要有味道。这“一清”指的是清汤，“二白”是白萝卜。这“三红四绿”是辣椒油和香菜。单看都挺不起眼儿，但你别小瞧它们，凑在一起就不一样了。不信你尝尝……苏玲儿听完孙闯闯这一大套的讲解，对牛拉又有了新的认识。孙闯闯又要了两个鸡蛋和三两肉。苏玲儿刚要下筷子，又被孙闯闯喝令制止了，说：

“不是这么吃的，你得先把鸡蛋剥好了，分两半泡在汤里，再把肉片压在面底下泡着。这样凉鸡蛋就能焐热了，肉也软了。”

苏玲儿照办了，一边吃，孙闯闯又说：“这牛拉看着简单，其实这学问大了。越简单的吃食，学问越大。”

苏玲儿突然对这看似简单的牛肉拉面肃然起敬。但说来说去，也不过是一碗牛肉拉面而已。

饭后，孙闯闯自然地带着苏玲儿回家了。他家在天通苑，抬头望去，是密密麻麻的窗户。苏玲儿想着到底哪扇窗户是他家。在楼群中，两人拐了几个弯，终于到了。电梯间贴满了小广告。过道里的光暗到不足以看清孙闯闯的脸，灯泡忽明忽暗，散着微弱的光。

但一推开孙闯闯家的大铁门，就感觉不一样了，很有艺术家的范儿。CD架上摆着一摞小卡片和刻有他名字的杯子，说那些都是粉丝送给他的。苏玲儿继续参观，发现了很多绝版唱片，也发现了他与白露的合影。白露的长发被风吹了起来，飘到了孙闯闯的面前，让他的脸变得隐隐约约。孙闯闯说："来，挑个唱片听吧。"苏玲儿一张张地翻看着，终于选定了一部盗版碟。"别听这个了，我给你推荐一张。"

孙闯闯一边将CD插进播放器里，一边说：

"今天别走了。"

"那不行，我什么都没带。"

"你需要什么，我这就去买。"

"我需要的东西可多了，而且这个点儿商店都关门了。"两人又争辩几句，最终苏玲儿还是同意留了下来。

第二天一早，苏玲儿在孙闯闯的怀里醒来。孙闯闯没有拉窗帘的习惯，他说睡觉挺浪费时间的，这样可以早点儿起床。可今天，两人起床时已经临近中午了。孙闯闯感叹着：

“你说，在北京像咱俩这样能在工作日睡到自然醒的人多吗？”

“不多吧。”

孙闯闯心中一阵暖意，他突然抱紧了苏玲儿。看来白露那一篇儿算是翻过去了。他又伸了个懒腰，起床了。孙闯闯的声音又从厕所里传出：

“你今天干吗？”

“好像也没什么事儿，就是晚上要去个刺猬乐队的新专辑发布会。”

“哦，他们也叫我去了。”

“那正好晚上一起去呗。”

“没劲，我给推了。”

“那我回家了。”

“你怎么总是想回家？”

“我得回家换身衣服。”

“对了，你跟你父母住？”

“对呀，怎么了。”

“那说白了，你就是还没断奶。”孙闯闯从厕所出来的时候，苏玲儿已经换好了自己的衣服。

“什么叫还没断奶，我自从工作后就没再管家里要过钱了。”

“那还不是吃住都在家。就承认了吧，你就是那种饭来张口的小女孩儿。”

“我还不走了。”说着，苏玲儿又把衣服脱了，换上了孙闯闯的大短袖。早饭过后，苏玲儿挑了一张唱片，可在挑唱片时，她又看见了那张合影。孙闯闯家的客厅一侧摆着一张巨大会议桌，能坐下十个人左右的样子。两个人各坐一边，苏玲儿写新闻稿，孙闯闯写最近新接的一个剧本的活儿。无论从哪个角度看，两个人都很合拍。孙闯闯一边写，一边和苏玲儿讲着、讨论着。每写完一段，都要给她看看。光看还不行，必须要讲点儿自己的意见，才算罢休。

孙闯闯的剧本写得倒是顺利，可苏玲儿的稿子却一篇也写不出来。苏玲儿心里觉得别扭，可又不知怎么开口。到了晚上，孙闯闯又试图将苏玲儿留下来，苏玲儿一口回绝了，随便找了一个借口就回家了。她走出孙闯闯家时，长长地舒了一口气，有种被释放的感觉。回家的路上，苏玲儿给张依打了一个电话，她有一肚子的话要说。

张依：“终于出现了，你都消失一天了。看来你俩发展得不错啊？”

苏玲儿在电话一端笑而不语，自己也不确定这样的发展是否“不错”。

张依：“你们约会都去哪儿了？”

“先去了动物园，之后又去吃的……”

“吃的什么？不会又是重庆小面吧？”

“吃的牛肉拉面，可高级了。而且我俩都爱吃面条。”

张依懒得再追问，说：“还是离他远点儿，看他长得就是一副不靠谱的样儿。”

“我现在就特别不爱跟你聊天，以貌取人，‘俗’这字就说你呢。而且，这话你已经跟我说过了。”苏玲儿对张依的话，似乎有点儿无力反驳。

自从苏玲儿走了，孙闯闯又独自守着空房。他其实是一个不怕寂寞的人，内心丰富的人都不怕寂寞。但这晚不知怎么了，苏玲儿的离开让他心烦意乱，彻夜无眠。他坐在桌前，泡了一壶茶，洗了洗手，准备继续完成剧本。但一个小时过去了，仍然枯坐在电脑前，没有丝毫进展。他在房间里四处游荡，看见了书架上的合影。他把照片拿起来，仔细端详着曾经的他们。这是在哪儿拍的？像是苏州。他忽然想起来，那次在苏州的旧书店淘到了两套连环画，它们去哪儿了？自从买回来就再没见到过，他把灯打开，四处寻找。孙闯闯拉起了床垫子，那两套从二手书店买的连环画确实在此，并且，他当年与白露照的婚纱照也在。相框都镶好了，愣是没让白露挂上去。照片中的孙闯闯是那么不情愿，白露是那么幸福。他觉得婚纱照很俗气，白露也很俗气。但白露在的日子，他又觉得特别踏实。

太阳逐渐升起来，终于有了一丝困意。他合上电脑，昏沉地睡去了。这一觉睡到了下午，是被一阵吆喝声吵醒的。他们这个小区是回迁房，园区不大，五六栋楼的样子。不知是否因为回迁房的缘故，小区的物业形同虚设。单元门口的那一小块地，被各家的大妈占用了，用来晒五谷杂粮。小区里的树与树之间挂上了铁丝，用来晒被子或床单。无论年轻人怎么抗议，最终都拗不过老同志。白天，大爷们在院儿里会凑成一堆儿下象棋。隔三岔五的还有收废品的在小区里大声吆喝。乍一看，一副欣欣向荣的景象。像这样充满市井气息的居住环境，城里基本见不着了。孙闯闯就是被收废品的吆喝声吵醒的。他伸了个懒腰，寻思着，醒了也好。他简单地洗漱和随意吃了些饭，便又坐回那张巨大的桌子前，准备开始这一天的工作。三天后，就是与制片方约定的截稿时间。目前来看，进展还算顺利，只差一个结尾就可完成。他看着屏幕，思路逐渐清晰，刚要开始打字，又一声吆喝打断了他。孙闯闯起身，想冲楼下喊一嗓子，但又憋了回去，关上了窗户，重新酝酿。刚准备再次下笔，吆喝声又肆无忌惮地透过窗户传到了孙闯闯的耳朵里。他拍案而起，穿着拖鞋冲下了楼。在下楼的过程中，他发誓一定要将那人暴揍一顿。可真遇着那收废品的人，一下又㞞了。

“你能不能小声点儿？”

“不能，小声别人该听不见了，我还怎么收废品？”

“你……这是扰民，懂吗！”

“这是白天，又不是晚上。”收废品的人继续吆喝着。

“你怎么不去别的小区？”

“别的小区不让我进。”

“那你怎么才能走？”

“我得把今天钱挣够了的。”

“多少钱算挣够？”

“二三百吧。”

“挣够了的话，明天还来吗？”

“当然来了，这是我固定点儿。”

“得……你等着。”孙闯闯以最快的速度冲回了家，从衣柜的最下面放袜子的抽屉里拿出了一沓子钱。数了数，一共三千，是上回给人家公司写歌词的稿费。他拿了出来，又数了五张一百的放回了抽屉里，攥着剩下的钱，又冲下楼。那收废品的还在吆喝，他把一沓子钱放到板儿车上。

“今年别再来了。”那收废品的人呆住了，半天没说出话来。

“跟你说话呢，今年能不能别再来了？”

“今年？离年底还好几个月呢。这点儿哪够？”

“不要算了。”孙闯闯刚要把钱拿走，却又被收废品的人按住了。

“行行，听你的。我今年不来了，我再去别地方转转。”那人跨上板儿车，一边吆喝着一边走了。直到声音消失得一干二净后，他这才上楼。

天地倾斜，他又睡死了过去。

剧本总算完成了，核对了两遍后，迫不及待地赶紧发给负责审核剧本的徐总。以防万一，还给他打了一个电话，告知剧本已经发到他的邮箱里了。一个星期过去了，对方杳无音信。孙闯闯终于按捺不住，给徐总打了电话，询问剧本的进度。徐总很客气，说是剧本看过了，但还不是很理想。孙闯闯就问，那预付款什么时候可以打给他。徐总又说，这得改到他们满意才行。孙闯闯又说，可合同不是这样写的。徐总不耐烦了，说，少拿合同说事儿。孙闯闯急眼了，你们怎么能这么办事儿？翻脸不认人呢？徐总也急了眼，说，不写拉倒，有的是人写。孙闯闯一下蔫儿了，说，不是这个意思，当然还是要写的，肯定会让公司满意的。孙闯闯最后的结束语是“修改意见能告诉我吗？”徐总说：“等有了修改意见会发到你邮箱里的。”说罢，便挂了电话。但这封邮件，孙闯闯迟迟没有收到。

剧本的活儿结束了，放在抽屉里的存款也给了那个收废品的。他一时想不出来还有谁比自己更惨。孙闯闯坐在桌上了，郁闷了两分钟，忽然一下又想开了。剧本这个活儿结束了，还有下一个。钱没了可以再挣。想到这儿，他豁然开朗。自从苏玲儿从他家离开至今，也没再联系过，也怪自己太忙，忽略了她。孙闯闯立刻给苏玲儿打了个电话，此刻的苏玲儿正在宠物医院，她家的狗在院子里被另一只狗抓伤了眼睛。对方态度很好，说一定会负责到底。苏玲儿在医院里跑前跑后，没听见孙闯闯的来电。苏玲儿没接电话，他心一下又凉了，想着她一定是不准备再见他了，这是为什么，莫名其妙的。而这些天与孙闯闯的失联，也令苏玲儿觉得张依的话或许是对的。

对于剧本的事儿，孙闯闯还是不死心，他又等了两天，还是没等到修改意见。他决定再给这部戏的制片人秦总打一个电话。但从语气上判断，秦总似乎已经忘记孙闯闯这人了，并说他们已经更换了编剧。孙闯闯急眼了：

“换人了？你们怎么能这么办事儿！”

“孙老师，您先别激动，这也不是我的个人意思。我们就您的剧本开了好几次会，换编剧也是我们制片方和影视公司一起决定的。”

“那之前说给我修改意见，是什么意思？”

“修改意见？我不知道这个事儿呀。当时是谁跟您联系的？”

“你们负责剧本的徐总。”

“徐总？我现在也找他呢。好多事儿没交接就走了，你说他这人也太不靠谱了。”

孙闯闯脑子嗡的一下，冲着石板凳狠狠踹了两脚。一位大妈过来了：

“小伙子，不能损坏公物啊！”说完，瞪了他一眼就走了。孙闯闯被大妈一打岔，好像冷静了些，也在这一刻接受了换编剧的事实。

“那我们的合同怎么处理？”

“合同？什么合同？”

“你们当初跟我签的编剧合同。”

“那个合同我不清楚，可能也是徐总跟你签的。”

“那我上哪儿找他去！”

“这个我就不知道了。谁跟你签的合同，你就去找谁。这事儿跟我们一点儿关系也没有。”孙闯闯心中憋着的火堵在了嗓子眼，说不出来话，也发泄不出去。

“我这还有别的事儿，就先这样吧。”说完，秦总就把电话给挂了。

这时候，苏玲儿家的狗已经进了手术室，她这才看见孙闯闯的来电，想着，这人又想干什么。本来都要与他一刀两断了，但想了想还是没忍住，给他回了过去。可此刻的孙闯闯却是一肚子火。

“你干吗呢？刚才打电话怎么不接？”

“我家狗的一只眼睛受伤了，我在医院呢。”

“你晚上干吗？要不要一起吃饭？”

“晚上我得弄我家狗，它刚做完手术。”

“不吃拉倒。”孙闯闯把电话挂了，又踹了一脚石板凳子。大妈又及时出现。“你怎么又踢凳子啊！”

“我就踢！”

苏玲儿挂下电话，气得在医院里直打转。一个小时过去了，医生从手术室里走出来，说：“左眼肯定是失明了，但幸运的是，左眼算是保住了，不用摘除。”

苏玲儿之前被孙闯闯扰乱的心绪，被冲淡了。眼球能保住，已经是最好的结果了。又过了会儿，狗被送了出来，麻醉劲儿还没过去，有点儿打蔫儿。苏玲儿一边抱着狗，一边往家走，莫名原谅了孙闯闯。

孙闯闯回到家，电话又响了一声，苏玲儿发来了微信，说晚上一起吃饭。孙闯闯说，不是不吃吗？苏玲儿回：晚上我把狗送回家里，再去找你。孙闯闯心中又是一阵不快，难道自己比不上一条狗重要吗？但最终，还是与苏玲儿约了晚饭。孙闯闯在家里实在待不下去了，电脑里的那个剧本文档像是不停舞动的皮鞭，正在一鞭一鞭地抽着他。他总觉得哪里不对劲，这似乎不是一个合同或一个剧本订金的事儿。孙闯闯对钱没太多概念。他觉得自己是个手艺人，既是手艺人，就要靠手艺吃饭。人家没看上你这手艺，不给钱，这也说得过去。更何况，孙闯闯对物质没有过多的需求，他现在身上穿的，是当年他奶奶给他爷爷织的毛衣外套。爷爷过世了，他就拿过来继续穿。偶尔隔三岔五和朋友去看个演出，如果还能带上个喜欢的或长得好看的姑娘，就已心满意足了。既然不是钱的事，那究竟是哪里不对劲了？算了，不想了。他看了眼时间，决定先和苏玲儿去吃饭，说不定苏玲儿能让他想明白。

苏玲儿比约定的时间晚到了二十分钟。孙闯闯不喜欢等人，尤其是在饭馆里等人。一方面，他觉得对方不尊重他；另一方面，等人的样子看上去很傻。这二十分钟里，孙闯闯几次想走，但屁股始终也没抬起来。无论怎样，他还是想继续和苏玲儿把关系处下去。况且，他也想找人聊聊今天的事儿。他曾想过跟费主席聊，但又一想，这么丢人的事儿还是不说为好。想来想去，竟无人诉说。他想见到苏玲儿，而且从未如此急迫地想见到一个人过。他如坐针毡，不停地环顾四周，生怕被别人看出来似的。菜单被他翻了又翻，为了遮掩自己的尴尬，他不停地找服务员倒水。苏玲儿的迟到，使他愤怒。但他又能怎样，只好愤怒、尴尬地继续等待着。等待一位可以诉说的人。

苏玲儿终于来了，还牵着她那条眼睛受了伤的狗。饭店不让宠物进门，只好给它拴在了饭店门口的电线杆子上。苏玲儿不紧不慢地坐下了，身上带着一股好闻的香水味儿。孙闯闯见到苏玲儿一刹那，瞬间又释怀了，又是一个全新的自己。孙闯闯立刻叫来服务员，点菜。为了迎合两人的喜好，又点了两碗面当主食。他不想让点菜占用他们过多的时间，他要立刻进入主题。苏玲儿一边脱去外套，一边碎碎念着自己狗的伤情和抱怨北京的堵车。在苏玲儿喋喋不休中，菜逐渐上齐了。孙闯闯对苏玲儿的琐事毫不关心，那些都跟他没关系，于是便粗鲁地打断了她。

“你家那狗不是刚做完手术吗？”

“是啊，我没时间给它送回家了，就带来了。而且狗的恢复能力强，我看它精神头挺好的。”

“我那剧本的事儿你还记得吗？”

“记得啊，怎么样了？”

“黄了。但我就是特别不理解，剧本有问题为什么不直接来找我，让我去改呢？哪有一次就合格了的剧本，再说，换人也不跟我说一声。”

苏玲儿在医院忙活了一天，饿了，只顾埋头吃面，半天才抬起头，问：

“然后呢？”

“还要什么然后？”

苏玲儿又继续吃面。

“你是不是觉得这是正常的？”

“是啊，没什么不正常的。换人，换编剧都很正常。”苏玲儿想着，你写得不行，人家没当面跟你直说，就是给面子了。难不成还让人当面说出来？但这话也只是她想想而已。

“这也太不尊重人了。”孙闯闯说完，立刻明白自己心里的那道坎儿在哪儿了。没错，是“尊重”的事儿。苏玲儿想劝劝他，可是又不知道该怎么说，只好一直听着孙闯闯抱怨。孙闯闯一直期待着苏玲儿能安慰自己几句，可迟迟没有等到。最后，孙闯闯和苏玲儿又是不欢而散。苏玲儿再也不想见到他了，孙闯闯心里对苏玲儿也挺失望。两人以吃面结缘，又以吃面结束。也算是一场有始有终的缘分了。临出门的时候，孙闯闯蹲下来看了眼她家的狗。一只眼睛被纱布蒙着，另一只被路灯照得闪闪发亮，黑黝黝的眼仁闪着红色的光。两人就此别过了，孙闯闯独自走在回家的路上，心里空落落的。

太阳照常升起，又是全新的一天，孙闯闯这么安慰着自己。可是即便是全新的一天又能如何？他心里的问题和过不去的坎儿还是旧的，依然无法越过去。他颓丧地坐在小区院子里，被下围棋的大爷、晾晒杂粮菜干的大妈、遛狗的中年人和推着婴儿车晒太阳的妇女所包围。他觉得特别温暖，就想这么一直坐在人堆里。一开始，他不敢再回味这件事儿，想尽快把它忘记。可秦总的嗓音总在耳边徘徊着，再后来，眼前似乎出现了他的面容，以及那副蔑视的神情。终于，他开始仔细回想，越想越觉得自己委屈，越想越生气。孙闯闯突然站了起来，朝着小区大门方向走去。他站在马路边上等出租车，脑子里想着他要一手拽着秦总的领子，另一只手狠狠地再挥到他脸上。趁着他踉跄的时候，再冲他肚子上踹一脚。他的肾上腺素开始飙高，以致错过了几辆空车。

孙闯闯站了许久后终于拦了辆车。司机问他去哪儿，他激动得支支吾吾说不清楚。拿出了手机，翻出跟秦总的聊天记录，查到了地址。他又翻看聊天记录。秦总起初对自己是如此的尊重，态度又是诚恳和谦逊的，前后又以“孙老师”称呼着。孙闯闯怎么也想不明白，其间到底发生了什么，才让他有了如此巨大的转变。他仔细翻看着，就是不明白。他一路思索着，很快就到了公司大楼前。他带着股杀气进了楼，前台把孙闯闯拦下了，说秦总还在开会呢。孙闯闯转身又下了楼，他决定在一楼大堂等他。随着时间的推移，他心中的怒火逐渐消减了。何必和他动气呢，见面还是尽量保持冷静地把事情问清楚了。他一直在劝说着自己。他眼睛直勾勾地盯着旋转门，生怕错过了秦总。半个小时过去了，秦总终于从电梯中走出来了，与他同行的还有他的女助理。孙闯闯看见了秦总，一下子就扑了上去。

“秦总！”孙闯闯的声音有点儿颤抖。

秦总定住了脚，仔细看了一眼孙闯闯，终于认出了他。

“我是孙闯闯。”

“哦，我记得你，孙老师。”

“那件事儿，您能不能给我一个合理的解释？怎么就突然不用我了？”

“这没什么可解释的，这也不是我一个人能定下来的。”秦总一边说着，一边向前走，女助理紧跟其后。

“您等一下。”孙闯闯向前拉住秦总的胳膊。

这是他们第一次的身体接触。秦总看了一眼孙闯闯的手，毫不客气地甩掉了。

“您今天必须得给我一个解释，不然我过不了这道坎儿。”

“孙老师，我再跟你说最后一次，这事儿不是我一个人决定的，是公司决定的。”

“你知道我写这剧本花了多少时间和心血吗？你们换人连说都不说一声，是不是太拿我不当人了？”孙闯闯越说越激动，甚至声音里都连带着哭腔。

秦总继续往前走，想尽快摆脱开这疯子。但这更激怒了孙闯闯，他这次把秦总的胳膊拽得更用力了些。

“你要干什么？快放手！再不放手我叫保安了。”秦总挣扎着，旁边的保安不请自来了。保安认识秦总，一下就把孙闯闯架了出去，轰出大门。这情景与他脑海里——把秦总狠揍一顿的画面大相径庭。面对秦总，他准备随时打出的那一拳，还是被某种东西和情绪给压回去了。他站在大楼的旋转门外，被两个保安阻拦着。秦总没出来，应该是从地下停车场离开了。

孙闯闯咽不下这口气，琢磨了一个晚上，写了篇文章发在了网上。在临发表前，他还是把秦总和该影视公司的名字给替换了。很多网友看了很有感触，表示都遭遇过相同的事情。也有网友表示孙闯闯太自负，自己笔下功夫没练好，人家换了编剧，再正常不过了。也有的人只点了“赞”。苏玲儿知道这件事儿，不是因为看到了这篇文章，而是从别人那里听到的。后来，才去网上搜索到了文章。朋友一边说着，一边吐槽，说没见过像孙闯闯这么愣的人。有谁会跟他们一般见识？一看就是刚入行不久。可也奇怪了，孙闯闯在音乐圈出道也算早，在社会上也混过这么些年了，怎么还这么的……

缺心眼儿呢？朋友继续说着，苏玲儿心里有种说不清的滋味儿。苏玲儿频频点着头，就是说不出话来。朋友又说，他就是太拿自己当个人了。话音刚落，苏玲儿瞪了他一眼，说：

“怎么这么没有同情心呢？”说完便走了。

苏玲儿急迫地找了一个没人的地方给孙闯闯打了电话。孙闯闯熬了一宿，现在正睡觉呢。苏玲儿等不及了，直接冲到了孙闯闯家里。她要马上见到他。拍了许久的门，孙闯闯终于愤怒地把门打开了：

“有病吧！有这么拍门的吗！”待他睁眼一看，是苏玲儿，半天才从梦中醒过来。他很惊喜，也很想她。“你怎么来了？”

“我就是来看看你。”

“进来吧。”这是苏玲儿第二次来他家，她不经意间又看了看书柜，孙闯闯和前妻的那张合影不见了。他前妻的蛛丝马迹也全部消失了。孙闯闯进了厨房，烧水，想给她沏茶。苏玲儿说：

“不用忙了，我就是过来看看你。见你没事儿就好了。”

“坐会儿吧。”孙闯闯端出来一杯茶，递给她：“我能有什么事儿？”

“就是我听说……”

“这破事儿传得那么快？放心吧，是金子总能发光的。”

苏玲儿把杯子放到桌子上，说：“我相信你。”随后就走了。从这以后，孙闯闯再也没见过苏玲儿。

这天，关心他的人很多。费主席在晚饭时也出现了，但比苏玲儿出现得更直接，他有孙闯闯家的门钥匙。曾经有过一段时间，孙闯闯总是喝得不省人事，间歇性失踪。为了防止他死在家里，费主席强行拿了一把他家的钥匙。费主席开门进了屋，家中似乎没人，很暗，很安静。费主席探头探脑地往里走，开了客厅的灯，看见了孙闯闯坐在沙发上，这倒是吓了他一跳。

“我×，你丫吓我一跳。”费主席说。

“你擅闯民宅，你还吓我一跳呢。”

费主席把手里的啤酒和三把烤串放在了茶几上。

“今天真是逗了，怎么都跑来了？”

“还谁来了？”

“没谁。”

“那个小记者吧？”

孙闯闯把音乐打开了，放了一张摇滚唱片。

“我看苏玲儿对你挺上心的，你真不再考虑考虑了？”

“没心思考虑。”费主席知道他说的“没心思”是什么意思。孙闯闯不主动说，费主席也不会主动问。他来孙闯闯家里不是给他解决问题来了，就是觉得他此刻身边应该需要个人。毕竟，遭遇到这事儿，而为此伤心的可能也只有孙闯闯一个人。

“你是不是还没从上次的失败中走出来？”费主席问。

“我都这样了，什么失败没尝试过？”

“那你畏畏缩缩的，在怕什么？”

“怕的是相爱和结婚。”

“你就是想得太多了。感情的事儿不能犹豫。除非你不喜欢她，喜欢的话就得有个义无反顾的劲儿。”

“哪有那么多的义无反顾和不计后果，那只不过是给幼稚、冲动一个冠冕堂皇的说辞罢了。都快活到不惑之年，早过了那岁数。”这话题就此结束了，关于爱情和事业的话再没说过什么。两个人听着许多年前的摇滚乐，聊起了许多年前的人与事儿。最终费主席率先倒下了，这漫长的一天总算是过去了。

又是一个深秋的早晨，孙闯闯在一个煎饼摊前排队，前面还有三个人。他无所适从，东张西望，看见远处驶来一辆黑车，左边尾灯罩旧得发白，右边是崭新的红。这让他想起了苏玲儿家那只瞎了左眼的狗。她现在在干什么呢？他突然很想她。孙闯闯深深地吸了一口气，只有这凉凉的空气才能将这悲伤抑制。

图书在版编目（CIP）数据

业余玩家 / 孟小书著. — 北京 : 北京十月文艺出版社，2021. 11
ISBN 978-7-5302-2141-9

Ⅰ. ①业… Ⅱ. ①孟… Ⅲ. ①长篇小说—中国—当代
Ⅳ. ① I247.5

中国版本图书馆 CIP 数据核字 (2021) 第 064516 号

业余玩家
YEYU WANJIA
孟小书　著

出　　版　北 京 出 版 集 团
　　　　　北京十月文艺出版社
地　　址　北京北三环中路 6 号
邮　　编　100120
网　　址　www.bph.com.cn
发　　行　新经典发行有限公司
　　　　　电话 010-68423599
经　　销　新华书店
印　　刷　北京盛通印刷股份有限公司
版　　次　2021 年 11 月第 1 版
　　　　　2021 年 11 月第 1 次印刷
开　　本　787 毫米 ×1092 毫米　1/32
印　　张　6.75
字　　数　98 千字
书　　号　ISBN 978-7-5302-2141-9
定　　价　39.00 元
质量监督电话　010-58572393
如有印装质量问题，由本社负责调换。